AF893122

श्रेष्ठ हास्य-व्यंग्य

# गीत

# श्रेष्ठ हास्य-व्यंग्य
# गीत

संपादन

**प्रेमकिशोर 'पटाखा'**
**अशोक 'अंजुम'**

सत्साहित्य प्रकाशन, दिल्ली

प्रकाशक : **सत्साहित्य प्रकाशन**
६९४-ए, (पहली मंजिल) चावड़ी बाजार, दिल्ली-११०००६
सर्वाधिकार : सुरक्षित / संस्करण : २०१९ / मूल्य : तीन सौ पचास रुपए
मुद्रक : जय लक्ष्मी प्रिंटिंग प्रेस, दिल्ली ISBN 978-81-7721-383-6

**SHRESHTHA HASYA-VYANGYA GEET**
*Edited* by Prem Kishore 'Patakha' & Ashok Anjum ₹ 350.00
Published by Satsahitya Prakashan, 694-A, (First Floor)
Chawri Bazar, Delhi-110006

यह कृति नई पीढ़ी के उस ऊर्जावान् व्यक्तित्व को जिसमें
भविष्य की अनंत, संभावनाएँ निहित हैं।
आज के लोकप्रिय मंच-संचालक एवं
गीतकार डॉ. कुमार विश्वास
को
समर्पित।

# गीत-गुबार

आदिकाल से गीत की धारा तमाम सुख-दुःख, हास-परिहास आदि को समेटती हुई निरंतर निर्बाध गति से प्रवाहित होती चली आ रही है। गीत ने वीरगाथा काल में रक्तशिराओं को जहाँ जोश से भरा, वहीं रीतिकाल में राजा-महाराजाओं की 'मक्खनबाजी' के साथ श्रृंगार के नए-नए आयाम उद्‌घाटित किए। भक्तिकाल में भक्ति के ऐसे-ऐसे पद रचे गए जिनकी बराबरी आज तक कोई नहीं कर पाया है। भारतीय स्वतंत्रता आंदोलन को नई चेतना देने का काम जहाँ देश-प्रेम के गीतों ने किया वहीं 'छायावाद' के समय गीत ने गीतकार की वैयक्तिक अनुभूतियों को स्वयं में ढाला। बहरहाल, गीत आज हर रंग में रँगा हुआ हमारे सामने प्रस्तुत है।

कुछ समय पहले तक जहाँ कवि सम्मेलनीय मंच पर भी गीत और केवल गीत की ही तूती बोलती थी, उसे आज उथले हास्य-व्यंग्य और पैरोडियों ने भले ही कुछ चोट पहुँचाई हो, पर गीत का जादू अभी भी सिर चढ़कर बोलता है। गीत की आन, बान, शान का डंका अभी भी बज रहा है और रहती दुनिया तक बजता रहेगा।

कहना न होगा कि फिल्मों ने आधुनिक काल में गीत को जितना लोकप्रिय बनाया उतना शायद अन्य किसी माध्यम ने नहीं। और तो और, तमाम फिल्में ऐसी आईं, जिन्हें उनके कर्णप्रिय गीतों ने कालजयी बना दिया। काश, यहाँ साहित्यिकता और स्तरीयता बरकरार रह पाती! 'परदेवालों' ने गीत को नंगा कर दिया है।

जहाँ तक गीत की सामर्थ्य की बात है, यह पत्थर में भी फूल उगा

सकता है, रेत को निचोड़कर पानी निकाल सकता है। कवि सम्मेलनों के मंच से असंख्य बार मैंने इसका साक्षात्कार किया है। गीत जब करुणा परोसता है तो सुननेवाले का रोम-रोम झूम उठता है। गीत जब ओज का आवरण पहनता है तो श्रोताओं की नसें फड़क उठती हैं।

आज परिवार में, समाज में, देश में, विश्व में अर्थात् हर तरफ इतनी सारी विसंगतियाँ, विडंबनाएँ बिखरी हुई हैं कि मनुष्य का हँसना दूभर हो गया है। नाना प्रकार के तनाव, चिंताएँ आज इनसान को घेरे हुए हैं। अजीब भाग-दौड़ हो रही है। विकट आपा-धापी मची हुई है। सबकुछ बाजार हुआ जाता है। ऐसे मौसम में गीत में वह सामर्थ्य भी है कि उदास चेहरों पर ठहाकों के फूल खिला दे। और कटाक्ष करने पर उतरे तो क्या नाते-रिश्तेदार, क्या नेता-अभिनेता, क्या कर्मचारी-अधिकारी, यानी परिवार-समाज, देश-विश्व का कोई ऐसा सदस्य नहीं, जो गीत के व्यंग्य बाणों से बच सके! बुराइयों पर बड़े सलीके से वार करता है ये।

विविध रसों के साथ गीत के तमाम संकलन हमारे सामने आए हैं। सोचा, क्यों न केवल हास्य और व्यंग्य को लेकर गीतों की एक पुस्तक तैयार की जाए! …और इसी विचार की परिणति है यह पुस्तक—'रंगारंग हास्य-व्यंग्य गीत'। पुस्तक में जहाँ खालिस हास्यपरक गीत हैं वहाँ सतही व गंभीर मारक व्यंग्य गीत भी। अर्थात् हास्य और व्यंग्य का प्राय: हर रंग आपको इन गीतों में मिल जाएगा। हो सकता है, दो-चार गीतों में आपको ऐसा लगे कि इनमें 'हास्य-व्यंग्य' कहाँ है? तब गंभीरता से अवलोकन करने पर आपको वहाँ भी कुछ-न-कुछ व्यंग्य अवश्य पिरोया हुआ मिलेगा।

मेरा यह प्रयास आपके मन को कहाँ तक बाँध पाया? ये गीत आपको कितना गुदगुदा पाए?—अगर कहेंगे तो खुशी होगी।

इंतजार है!

**—अशोक अंजुम**

ट्रक गेट, कासिमपुर (पावर हाउस)
अलीगढ़-२०२१२७

# अनुक्रम

✍ अखिलेश कुमार निगम 'अखिल'

# यह मिलन कहाँ?

एक बंधन है एक बेड़ी है,
यह मिलन कहाँ? रणभेरी है।

तिलक हुआ यह पहला फंदा
आजादी का झुक गया झंडा
वह रात गुलामी की आई
जब द्वार बजी थी शहनाई—
धुन सप्त सुरों की छेड़ी है
यह मिलन कहाँ?...

थे नभ के आजाद परिंदे,
पड़ गए जीवन भर को फंदे,
ब्राह्मण जन फिर करें विचार
करना सात समंदर पार—
जो सात अग्नि की फेरी है
यह मिलन कहाँ? रणभेरी है।

□

✍ अल्हड़ बीकानेरी

# कुदरत का है कमाल

बस्ती के चौकीदार का चोरों से मेल है,
कुदरत का है कमाल, मुकद्दर का खेल है।
धरती पे आपाधापी की आँधी है आजकल,
बुलबुल बटेरदास की बाँदी है आजकल,
चमगादड़ों की हर जगह चाँदी है आजकल,
पायल खुरों में भैंस ने बाँधी है आजकल,
सिर में छछूँदरों के चमेली का तेल है,
कुदरत का है कमाल, मुकद्दर का खेल है।
नंगी हुई है देखिए, परदानशीं की पीठ,
'कैफे' में 'डिस्कोथीक' में खाली नहीं है सीट,
मर्दों को पीते देख के माथा न अपना पीट,
नाइट क्लबों में औरतें पीने लगी हैं 'नीट',
व्हिस्की है ड्राईजिन है कहीं कॉकटेल है,
कुदरत का है कमाल, मुकद्दर का खेल है।
गूँगा जो जन्म से है वो ठुमरी सुना रहा,
बहरों का झुंड झूम के ताली बजा रहा,
लँगड़ा मटक के मंच पे ठुमके लगा रहा,
अंधा उछल के सोनचिरैया दिखा रहा,

लूले ने कस के देखिए, तानी गुलेल है,
कुदरत का है कमाल, मुकद्दर का खेल है।

गीदड़ यहाँ पे' शेर की ओढ़े हुए हैं खाल,
देखा है हमने घोड़ों से बेहतर गधों का हाल,
कौआ लिये है चोंच में चमचम का पूरा थाल,
बल खा के लोमड़ी चली 'मिस' मोरनी की चाल,

उल्लू ने बढ़ के हंस की थामी नकेल है,
कुदरत का है कमाल, मुकद्दर का खेल है।

अनपढ़ यहाँ के बैल, अँगूठा है लोकतंत्र,
खच्चर यहाँ बिचौलिए, खूँटा है लोकतंत्र,
गैंडों ने खूब रौंदा है, लूटा है लोकतंत्र,
सचमुच यहाँ का कितना अनूठा है लोकतंत्र,

साँड़ों को कोठियाँ हैं, बछेड़ों को जेल है,
कुदरत का है कमाल, मुकद्दर का खेल है।

□

✍ अशोक 'अंजुम'

## ताक धिना-धिन

ताक धिना-धिन, तक धिन-धिन
ताक धिना-धिन...
लोकतंत्र के फुग्गे में
नेता चुभा रहे हैं पिन।
ताक धिना-धिन...
कितने प्यारे लगते थे,
सबसे न्यारे लगते थे,
निर्मल धारे लगते थे,
बड़े दुलारे लगते थे,
जब से कुरसी पर बैठे—
तब से उनसे आती घिन।
ताक धिना-धिन...
सब मौसेरे भाई हैं,
कुछ कुएँ कुछ खाई हैं,
ये टोपी में, कुरतों में—
एवरग्रीन कसाई हैं,
जनता कटनी है निश्चित
उसका बचना बड़ा कठिन।

ताक धिना-धिन…
हर इक दल में दल-दल है,
अब जन-गण-मन घायल है,
ये संसद् है यारो या—
कैक्टसों का जंगल है ?
राजनीति दिखलाएगी—
अभी और है क्या-क्या दिन !
ताक धिना-धिन…
हर एक अपनी जेब भरे,
देश की सेवा कौन करे,
बनकर साँड़ हर एक नेता—
लोकतंत्र का खेत चरे;
जिसपर भी विश्वास करो—
घपले करता वह गिन-गिन।
ताक धिना-धिन तक धिन-धिन
ताक धिना-धिन…

□

## खुल्लम-खुल्ला

मंदिर लेकर पंडित आएँ
मसजिद लेकर झगड़ें मुल्ला,
लोकतंत्र में डर काहे का
करो तमाशे खुल्लम-खुल्ला।

जिसकी चाहो पैंट फाड़ दो,
जूते, घूँसे, लात झाड़ दो,
उसको नोंचो, खोंसो इसको

थप्पड़ जड़ दो चाहे जिसको,
शांति-सभा में भोंपू लेकर
खूब मचाओ हल्ला-गुल्ला!
लोकतंत्र में...

करो मिलावट, रिश्वत खाओ,
हथकंडों से सबकुछ पाओ
दो नंबर का जो कुछ आए
कुछ हिस्सा ऊपर पहुँचाओ
किसकी हिम्मत तुमको टोके
हुई व्यवस्था ढिल्लम-ढुल्ला!
लोकतंत्र में...

गुड्डे में बम, गुड़िया में बम
चूरन की है पुड़िया में बम
ट्रेन में बम हैं, कार में बम हैं
अब फूलों के हार में बम हैं
सोच-समझकर इसको खाना
बम ना हो जो है रसगुल्ला।
लोकतंत्र में...

□

✍ अशोक चक्रधर

# एक मवाली पव्वाली की कव्वाली

**पहला फोन**

क्या इरादा जनाबेआली है,
शाम खाली है, जाम खाली है।

आज सुबह से क्या किया तूने ?
ध्यान खुद पर नहीं दिया तूने !
नाम रटता रहा खुदाओं का,
नाम मेरा नहीं लिया तूने !

कैसी रंगत भला बना ली है !
क्या इरादा जनाबेआली है ?
शाम खाली है, जाम खाली है।
क्या इरादा जनाबेआली है ?

**दूसरा फोन**

पसीना इस कदर बहाकर तू,
इतना मसरूफ़ मत रहा कर तू !
देख सूरज भी ढलनेवाला है,
जल्दी आ जा इधर नहाकर तू !

मैंने इक मेज भी सजा ली है।
क्या इरादा जनाबेआली है?
शाम खाली है, जाम खाली है।
क्या इरादा जनाबेआली है?

**तीसरा फोन**

क्या करेगा तू जोड़कर माया,
तूने जालिम बड़ा सितम ढाया
चाँदनी पूछ रही है मुझसे
क्यों भला अबतलक नहीं आया?

क्या कहीं और ही लगा ली है?
क्या इरादा जनाबेआली है?
शाम खाली है, जाम खाली है।
क्या इरादा जनाबेआली है?

**चौथा फोन**

कुछ दिले बेक़रार ने पी ली,
कुछ ग़मे-रोज़गार ने पी ली।
आँख रस्ते पे लगी थी मेरी,
बस तेरे इंतज़ार ने पी ली।

कुछ तेरे वास्ते बचा ली है? —
क्या इरादा जनाबेआली है?
शाम खाली है, जाम खाली है।
क्या इरादा जनाबेआली है?

**अंतिम फोन**

आज लगता है तुझे प्यास नहीं,
अब तेरे आने की भी आस नहीं।
आ भी जाएगा तो करेगा क्या?
चील के घोंसले में मांस नहीं।

हम जहाँ हैं, वहाँ पे नाली है!
क्या इरादा जनाबेआली है?

□

✍ अशोक स्नेही

# आधुनिक परिवेश में रामायण

## छह चित्र

### चित्र-१

यह उपकार नहीं भूलूँगा
माता जीवन भर मैं तेरा,
भैया को वनवास दिलाकर
राज्याभिषेक कराया मेरा।
भरत नहीं मैं जो हाथों से
आया राज्य निकलने दूँगा,
कैकेयी-सा संताप न कर तू
तुझपर दोष न लगने दूँगा।

### चित्र-२

भैया को वनवास दिलाकर
महलों में आनंद मनाता,
और दिखाने का समाज को
माला जपता—अश्रु बहाता।
भरत नहीं है तू जो, तेरे—
ये पाखंड नहीं समझूँगा,
लखन नहीं हूँ मैं जो चौदह—
वर्ष संग वन में भटकूँगा!

## चित्र-३

मेरी सौतेली माता ने
वृद्ध पिताजी को बहकाकर,
मुझको यह वनवास दिया है
अपने सुत को राज्य दिलाकर।
राम नहीं मैं जो रावण से
लंका जाकर रण कर लूँगा,
उसने मेरी नारी हर ली
मैं उसकी नारी हर लूँगा!

## चित्र-४

इतने दिनों गैर के रह ।
अब क्या तुझको मुक्त कराना,
अपयश का भागी होना है
तुझे छुड़ाकर घर ले आना।
सीता नहीं कि अग्निपरीक्षा
में तू निरी खरी उतरेगी,
यहाँ व्यर्थ वन में भटकेगी,
वहाँ मौज-आनंद करेगी!

## चित्र-५

मुझको भी विश्वास नहीं है
तुम मुझको लेने आओगे,
एक अभागिन-सी नारी को
फिर मन से अपना पाओगे।
राम नहीं हो तुम जो आकर—
लंका, रावण मार सकोगे,
इसमें भी संदेह मुझे तो
सागर भी कर पार सकोगे!

**चित्र-६**

व्यर्थ मचा उत्पात नहीं तू
वापस ले जा अपनी नारी,
निरपराध इसे हर लाया
गलती तो थी तेरी सारी।
मैं रावण तो नहीं इसे जो
उठा वाटिका में रख आऊँ,
ना अपने घर में रख पाऊँ
ना तुझको वापस लौटाऊँ!

□

## कैसी लाचारी

हाँ! यह कैसी लाचारी
भेड़ है जनता बेचारी
सहना इसकी आदत है—
मुड़ती वहाँ, जहाँ जाती!

अनुशासन में पलती है,
झुंड बनाकर चलती है,
गड्ढा है या खाई है—
इसको नजर नहीं आती!

आखिर यह कब चेतेगी,
और लीक यह टूटेगी,
राजभवन - कुरसी - सत्ता
सब इसकी ही है थाती!

□

✍ अश्वघोष

## आम न खाए

अबके हमने आम न खाए।

तीस रुपए के एक किलो थे
कैसे खाते,
घंटों-घंटों बीत गए
खुद को समझाते।

जिह्वा ससुरी पानी डूबी
सौ-सौ सागर मुँह में आए,
अबके हमने आम न खाए।

लँगड़े, कलमी, फजली, देसी
हमको सब हो गए विदेशी
बच्चों ने नफरत से देखा
बीवी ने ताने बरसाए,
अबके हमने आम न खाए।

मजबूरी ने सपने तोड़े

पर सपनों ने आम न छोड़े
चलचित्रों की तरह बहुत से
बाग-बगीचे हमें दिखाए,
अबके हमने आम न खाए।

□

✍ असलम इसहाक

## मेरा भारत देश महान्

अँगूठा टेक बन जाए मंत्री
पढ़ा-लिखा दरबान
मेरा भारत देश महान्!
भूखी-नंगी घूम रही
भारत माँ की संतान,
मेरा भारत देश महान्!
शहर में आग लगा वे
नेता सोवें चादर तान,
मेरा भारत देश महान्!
अपनों के ही हाथों होता
बापू का अपमान
मेरा भारत देश महान्!
बुलेट-प्रूफ शीशों से देते
सुरक्षा का व्याख्यान
मेरा भारत देश महान्!
मुल्ला-पंडित करें सियासत
मुश्किल में भगवान्
मेरा भारत देश महान्!

लोग हो गए हिंदू-मुसलिम
खोया पर इनसान
मेरा भारत देश महान्!

□

## यह तरक्की

गाँव के साथ अब हैं सन्नाटे
शोर से पिस गया शहर यारो!
हर तरफ हादसों में पहरे हैं
जाएँ तो जाएँ हम किधर यारो?
हमने माँगी थीं रोटियाँ लेकिन
मिला वादों का पोस्टर यारो!
हम जहाँ से चले वहीं पर हैं
यह तरक्की का है सफर यारो!

□

✍ आजाद रामपुरी

## हुए छछूँदर

कथनी से वे कौए जैसे
पर करनी से हुए छछूँदर!
उनपर से वे बज्र शंख-से,
किंतु खोखले बिलकुल अंदर॥

घाट-घाट का पानी पीकर,
हो न सके वे किसी घाट के।
सोए खटिया वहीं खड़ी की,
बने न पाये किसी खाट के॥
कभी उड़ाते माल-मलीदा,
खाने बैठे कभी चुकंदर॥

नौ-तेरह का दाँव लगाकर,
कभी लाभ में नहीं चूकते।
अँगुली रहें सदा ही घी में,
कभी चाटते स्वयं थूकते॥
चित भी उनकी पट्ट भी उनकी,
चित-पट्ट हों लगते सुंदर॥

बात-वात पर बाँहें खींचें,
बात-बात पर मार गुलाछें।
कभी झुकाएँ नयन शर्म से,
कभी दिखाने लगते आँखें॥
दे दी मार जमाने भर ने,
घुड़की दें, ज्यों देता बंदर॥

चाल फरेबी के कौतुक हैं,
छल-प्रपंच की बड़ी नुमाइश!
खूब घालते दाँव-पेंच भी,
करें घृणा की भी अजमाइश॥
धीरज की उथली पोखर हैं,
पर ईर्ष्या के बड़े समंदर॥

□

## चोरी खूब करो

वाह जमाने, चोरी करके
सीनाजोरी खूब करो।
चोरी करके, 'चोरी हो गई'
चिल्ला-चिल्ला शोर करो॥

आए पुलिस बजाए डंडा,
उसको थोड़ा माल चटा दो।
यदि दिखलाए रोब दरोगा,
रिश्वत देकर उसे पटा लो॥
फिर भी रहे लाभ का सौदा,
यह कोशिश पुरजोर करो॥

हम भी लूटें तुम भी लूटो,
हम भी खाएँ तुम खाओ।
लूट रहे जब सत्तावाले,
तुम भी लूटो मत शरमाओ॥
चोर-चोर मौसेरे भाई,
इस नारे का अमल करो॥

होती बहुत लूट है देखो,
न्यायालय हर ऑफिस में!
बिना लूट के क्या संभव है,
रोज़ सुन रहे संसद् में॥
बिना लूट, चोरी के नेता,
जीत न पाते गौर करो॥

जीवन लूट, लूट है जीवन
और जिंदगी चोरी है।
कार कोठियाँ सब सुविधाएँ,
इसके बल पर जोड़ी हैं॥
भलमनसाहत छोड़ो अब तो,
चोरी ही सिरमौर करो॥

□

✍ ओमप्रकाश सिंह

## हे कलियुग! तेरी जय-जय हो

दुर्बलताएँ बाँट रही हैं
चरित प्रमाण-पत्र लोगों को,
 हे कलियुग! तेरी जय-जय हो।

जिसने सृजनशीलता के घर
मूल्यों के पौधे बोए हैं,
उनके द्वार पाटिया टाँगे
लगते अपराधी सो़ए हैं।
और जिन्होंने खिड़की से
लोगों पर खूनी होंठ धरे हैं,
उनका अभिनंदन करने को
हाथों में हँसते गजरे हैं।
हिंसा से सिंहासन पाकर
अब आदर्श पुरुष हैं जग के,
 हे कलियुग! तेरी जय-जय हो।

काजल की कोठरियों में जो
चंदन के टीके लगवाते,

शतरंजी चालें चल-चलकर
औरों की जो हँसी उड़ाते।
टूटे हुए कवच हैं उनके
आँखों पर पट्टियाँ चढ़ी हैं,
ऐसे धृतराष्ट्रों के आगे
मानवता अभिशप्त खड़ी है।
खंडित व्यक्तित्वों ने आकर
और विभाजित किया सत्य को,
हे कलियुग! तेरी जय-जय हो।

□

✍ उद्भ्रांत

# मुरदा साँझ का गीत

मुरदा यह शाम हुई!
उखड़े-से लगते हैं लोग,
टूटा-टूटा-सा परिवेश,
बर्फ हुआ जाता आवेश,
हिचकी-सी लेती उपभोग,
चौराहे पर अपनी—
धड़कन नीलाम हुई!

बारूदी गंध अब झाँकती—
खिड़की से, काँपती निशा,
हाँफ-हाँफ जातीं दिशा,
बेचैनी अंबर को ताकती,
जंग लगी चिंतन में,
यात्रा यह जाम हुई!

टूट-टूट शृंखला बिखरती,
सीटी-सी बजती है कानों में,
इन बीहड़ जंगल-मैदानों में,

अस्त-व्यस्त भावना विचरती,
चलती रहनेवाली
जिंदगी विराम हुई!
मुरदा यह शाम हुई!

□

✍ किशोर काबरा

## मक्कारों ने नहीं सुना

मेरी पीड़ा की शहनाई खूब बजी,
लेकिन नक्कारों ने उसको नहीं सुना!
चाहे सच अंधा है लेकिन मूक नहीं,
चुभता उसको, जिसकी कोई चूक नहीं,
लेकिन पतझर उस कोयल का कायल है,
जिसके प्राणों में पंचम की कूक नहीं;
मेरी कोयल तो रोई मधु रातों में,
लेकिन मक्कारों ने उसको नहीं सुना!
सहने की पीड़ा का एक पड़ाव यहाँ,
फिर विद्रोही स्वर का तीव्र चढ़ाव यहाँ,
क्रोधानल क्यों शांत रहेगा भट्ठी में,
सिर पर आक्षेपों का चढ़ा कढ़ाव यहाँ;
पिंजरे में गौरैया गाती फाग रही,
लेकिन धिक्कारों ने उसको नहीं सुना!
मेरा हिम-सा धैर्य कहाँ तक सहे किरण?
मर्यादा की लक्ष्मण-रेखा हुई हिरण!
आज जिंदगी ने सीखा है पाठ नया—
मरण तुल्य है गूँगा-बहरा-अंधशरण।

मेरे शुक ने राम-नाम का गीत पढ़ा,
लेकिन दुत्कारों ने उसको नहीं सुना!

□

## इस ठंड में

इस ठंड में सवेरे कुहरे के तंबुओं में,
हम किरण-प्रेयसी की हर पल गुहार करते!
तारों के क्लर्क लेकर रजनी की ब्लैक स्याही,
धरती के कागजों पर कुछ बोल लिख गए हैं।
रातों के गीले दुखड़े, भू के रंगीले टुकड़े—
किरणों की हाट में से बिन मोल बिक गए हैं!
कुछ फूल की तुला पर बिना बाट तुल चुके हैं,
कुछ क्यू लगा के तुलने का इंतजार करते!
खेतों के होटलों में कुछ नौजवान पौधे,
कुहरे की ड्रेस पहने बस धूम्रपान करते,
पत्तों की प्यालियों में संग-संग चायपान करते!
कुछ धूप सेंकते हैं, कुछ रूप देखते हैं,
कुछ फूल-पर्स में से नसवार पार करते!
लो, ओस-अक्षरों से खत खूब लिख लिये हैं,
किरणों की डाक उनको ले जाएगी सवेरे,
औ' शाम को हमारी रजनी उन्हें पढ़ेगी,
फिर चाँद का लिफाफा भेजेगी मुँहअँधेरे।
हम देखकर ही उसका मजमून भाँप लेंगे।
शायद लिखा हो उसमें—'क्यों बेकरार करते?'

□

✍ कुँअर बेचैन

## कब निकलेगा देश हमारा

पूछ रहीं सूखी अंतड़ियाँ
चेहरों की चिकनाई से!
कब निकलेगा देश हमारा निर्धनता की खाई से!!

भइया पच्छिम देस गए हो पुरवइया को भूल गए,
हँसते-गाते आँगन की हर ता-थइया को भूल गए,
रामचरितमानस-से घर की चौपइया को भूल गए
भूल गए बूढ़े बापू को, क्यों भइया को भूल गए।

पूछ रही राखी
भाई की बिछुड़ी हुई कलाई से!
कब निकलेगा देश हमारा निर्धनता की खाई से!!

कब तक रोकेगी दानवता, मानवता के रस्तों को,
कब तक लूटेंगे माली, खुद अपने ही गुलदस्तों को,
और वतन की चिंता होगी किस दिन वतन-परस्तों को,
भेजेगी माँ रोज मदरसे, कब तक भूखे बस्तों को।

पूछ रही हैं फटी कमीजें
सूट-बूट और टाई से!
कब निकलेगा देश हमारा निर्धनता की खाई से!!

होंठों तक आते-आते क्यों मन की बातें लौट गईं,
दुनिया की बातें क्यों देकर दिल को घातें लौट गईं,
आने से पहले ही सुख की सुंदर रातें लौट गईं,
दुलहिन के घर आते-आते क्यों बारातें लौट गईं।

पूछ रही है लाश दुल्हन की
आँगन की शहनाई से!
कब निकलेगा देश हमारा निर्धनता की खाई से!!

कब तक फेंकेगी ये दुनिया पत्थर दुखती चोटों पर,
जुल्म करेंगे बड़े लोग ही कब तक अपने छोटों पर,
प्रजातंत्र का नाटक होगा, धर्म, जाति के वोटों पर,
कब तक नाचेगी मजबूरी, पेट की खातिर कोठों पर।

पूछ रही है तन की बिजली
यौवन की अँगड़ाई से!
कब निकलेगा देश हमारा निर्धनता की खाई से!!

आओ, मिलकर अब हम इक ऐसा मौसम तैयार करें
महल-दुमहले झुकी झोंपड़ी को अब खुद मीनार करें,
निर्धन आँखों ने जो देखे वो सपने साकार करें,
अपनी मिट्टी, अपनी धरती को बढ़-बढ़कर प्यार करें।

पश्चिम की आँधी को रोकें
अब अपनी पुरवाई से!
तब निकलेगा देश हमारा निर्धनता की खाई से!!

□

✍ कुमार रवींद्र

## गीत कितने दाम का

कहो तो
यह गीत कितने दाम का है?

क्या कहा—बहुमूल्य है यह
दाम बोलो,
इस जमाने के तराजू में
इसे भी यार, तौलो।

गीत यह
पिछली सदी की शाम का है।

कहा तुमने—
गीत में है नेह का रस
नए युग में सभी कुछ
व्यापार है बस।

आदमी का
मूल्य तो बस नाम का है।

गीत बेचो
यार, कुछ पैसे कमाओ
हुनर तब है
आँख से काजल चुराओ।

यही सच है
सिर्फ पैसा काम का है।

□

✍ कृष्ण सौमित्र

## भ्रष्टाचार की वेला

एक मित्र मिले बोले बंधु,
क्यों जीवन व्यर्थ गँवाते हो?
इस भ्रष्टाचार की वेला का
तुम क्यों नहीं लाभ उठाते हो?

लल्लू लाला को देखो तो
यह कितना भोला लगता है,
हर चीज मिलावट की बेचे
लोगों को हरदम ठगता है!
मुनाफाखोरों की पंक्ति में—
तुम क्यों पीछे रह जाते हो?
एक मित्र मिले···

घोटालों के भ्रष्टाचारी—
अब नेताजी कहलाते हैं,
जो कभी मदरसे गए नहीं
शिक्षामंत्री बन जाते हैं;
इस उलटी बहती गंगा का—
तुम क्यों नहीं लाभ उठाते हो?
एक मित्र मिले···

अब पढ़े-लिखों की सुनो जरा
जो भी अफसर बन जाता है,
खा-खाकर रिश्वत के पैसे—
वह अपनी तोंद बढ़ाता है,
यह युग है बेईमानी का
फिर तुम ही क्यों घबराते हो ?
एक मित्र मिले···

अध्ययन किया न वेदों का
और खुद को खुदा समझते हैं,
इन स्वामीजी को देखो तो,
जनता का शोषण करते हैं;
जब ऐश करे यहाँ हर कोई—
तब तुम ही क्यों दुःख पाते हो ?
एक मित्र मिले···

□

✍ कृष्ण स्वरूप पांडेय 'निर्बल'

# गीत

कैसी-कैसी हवा चली है,
कली-कली मसली-मसली है।
दिशा-दिशा में व्याप्त हो रहा,
व्यापक परियावरण प्रदूषण,
मनुज-मनुज में पनप रहा है,
घातक मानवता के भूषण।
शूल-फूल अनुकूल न कोई,
अगम सिंधु का कूल न कोई।
नाविक हारा सँभल-सँभलकर,
घर भीतर तरनी फिसली है॥ कैसी-कैसी···

सबने सबका मूल्य लगाया,
संबंधों को दिशा दिखाई,
अंतर में अंतर पाला है,
संबोधन की मली मलाई।
देवदूत-से सभी खड़े हैं,
मिलकर बाँटी पाई-पाई।
भले भलाई मूल्य न कोई,
प्रीति रीति सबकी फसली है॥ कैसी-कैसी···

मातृदेश के ममता भोगी,
कुछ तो त्यागो बन के योगी,
कोई नहीं सोचता कैसे,
इस दुर्गति से सद्‌गति होगी।
तिनका-तिनका झुलस रहा है,
दावानल-सा बरस रहा है।
अपने-अपने स्वार्थ सिंधु में,
सोई मानवता मचली है॥ कैसी-कैसी...
क्या-क्या अपने लिए करोगे—
किस-किसको तुम अपनाओगे,
जिस दिन जाना होगा जग से,
खाली हाथ चले जाओगे।
ऐसा रूप नहीं बन पाया,
पास किसी के पल भर बैठें।
साँसें सधीं निरखते पढ़ते,
असली चेहरा भी नकली है।

□

## नहीं किसी का प्यार चाहिए

नोक-झोंक, तकरार चाहिए
नहीं किसी का प्यार चाहिए,
नए-नए व्यंजन हित उनको—
रोज नए त्योहार चाहिए!

वे साड़ी नित्य बदलती हैं
मैं पहना करता फटा सूट,
सैंडिल वे रक्खें चार जोड़

मुझपर हैं केवल ओल्ड बूट;
नवयुग की फैशन सरिता में—
उनको तो सलवार चाहिए,
नहीं किसी का प्यार चाहिए!

वे अपने सूखे गालों पर
मलती हैं रोज पाउडर को,
ओठों पर लगा लिपस्टिक वे
निकला करतीं खोले सर को।
बाजार स्वयं जाने हित उनको—
सुंदर मोटर कार चाहिए,
नहीं किसी का प्यार चाहिए!

मैं तो दसवीं तक पढ़ा किंतु
वे ग्रेजूएट कहलाती हैं,
वे डेली पेपर पढ़ती हैं
मुझपर कम दया दिखाती हैं।
उनका परिचय देने हित—
हमको दिन पूरे चार चाहिए,
नहीं किसी का प्यार चाहिए!

□

✍ गोपालदास 'नीरज'

## राजमार्ग के पद-यात्री से

देखकर चलो!
ऐ भाई! जरा देखकर चलो!
आगे ही नहीं
पीछे भी,
दाएँ ही नहीं
बाएँ भी,
ऊपर ही नहीं
नीचे भी—
देखकर चलो!
ऐ भाई! जरा देखकर चलो!
तुम जहाँ चल रहे हो
वह तुम्हारा घर या सराय नहीं,
वह तुम्हारे गाँव की
गैल या बीथी नहीं,
वह तुम्हारे गंदे मुहल्ले की
गली या सड़क नहीं,
बड़े से शहर का एक राजमार्ग है,
और यहाँ कारों में

छोटी-बड़ी कारों में
काले बाजार का,
तस्कर व्यापार का—
सोना चला करता है,
या फिर बदशक्ल बड़े ठेलों में
गाँजा, अफीम, चर्स,
जाने कैसा-कैसा माल ढोया जाता है,
या फिर आवारा बुश-शर्टों में,
महकते इत्रों में,
नाइलोनी साड़ी में,
ऊँची हील पर,
लचकती-थिरकती स्कर्ट में,
बेशर्म ब्लाउजों के अधनंगे फैशन में,
अंग्रेजी शराब का नशा,
रूप का गर्व,
और पैसे का दर्प चला करता है।

देखकर चलो!
ऐ भाई! जरा देखकर चलो!

चौक का सिपाही जो
रास्ता बनाने के वास्ते नियुक्त है,
उसका है काम उन्हें रास्ता बताना नहीं,
उनकी सलामी औ'
रक्षा के वास्ते खड़ा है वह
जो कि मिनिस्टर हैं,
या जो कि कामचोर
घूसखोर—
अफसर या नेता फटीचर हैं।
और जो फर्ज है तुम्हारे प्रति उसका
वह इतना है कि—

जब भी वह चाहे तुम्हें डाँटे या गाली दे,
पीटे-पामाल करे
चालान करके तुम्हें जेल से जोड़ दे,
या फिर दो-चार टके ले करके
बिना कुछ कहे तुम्हें बेदाग छोड़ दे,
देखकर चलो!
ऐ भाई! जरा देखकर चलो!
तुम स्वतंत्र देश के नागरिक हो
गांधी के बेटे हो,
प्रजातंत्री शासन के पुरजे हो,
और टैक्स तुमसे ही ले करके
तुम्हारी ही मेहनत से
तुम्हारे ही भाइयों ने
पथ यह बनाया है,
फिर भी हकदार नहीं
तुम हो यहाँ चलने के
क्योंकि तुम गरीब हो,
जेब में सिक्के न होने की वजह से,
पाँव में जूता न होने के कारण से,
तुम बिलकुल अपढ़ हो,
जाहिल हो,
मूर्ख-बदतमीज हो,
भले ही याद तुम्हें पूरा हो शेक्सपियर,
भले ही कंठ में तुम्हारे बसी गीता हो,
भले ही तुम्हारी आत्मा गंगा-सी निर्मल
पुनीता हो,
और तुम्हारी पत्नी
जैसे कि जुलेखा या सीता हो।
इसीलिए कहता हूँ—

देखकर चलो!
ऐ भाई! जरा देखकर चलो!
यह सड़क नहीं,
तुम्हारे लिए वह है फुटपाथ,
जली हुई बीड़ियों के टुकड़े,
कूड़े के ढेर,
सड़े हुए केले,
अंडे और प्याज के छिलके,
जहाँ पड़े हैं अपने आप!
उसी फुटपाथ के तुम हो अधिकारी बस,
क्योंकि तुमने चोरी को छोड़कर
मेहनत स्वीकारी है,
इनसानी प्यार की गलियों में
जिंदगी गुजारी है,
हलों की नोंक से
कुदाली की चोट से
चट्टानें तोड़कर—धरती सँवारी है!
इसीलिए कहता हूँ,
देखकर चलो!
ऐ भाई! जरा देखकर चलो!
हैं! यह क्या करते हो,
सड़क पार करने की नादानी करते हो,
भूल जाते हो कि
यह राजपथ है,
इसपर जो ट्रैफिक है,
बेवा के आँसुओं-सा बंद नहीं होता है,
जरा सी गफलत में
कुचलकर
आदमी कब्र में सोता है।

मर गए, कुचल गए
कहीं जो तुम,
कोई नहीं रुककर जो
आँसू तुम पर बहाए यहाँ
कोई नहीं घाव पर तुम्हारे जो
मरहम लगाए यहाँ,
और तो और
कोई नहीं मौत की तुम्हारे जो
घर तक खबर पहुँचाए यहाँ।
यह तक न पूछेगा कोई
कैसे हुआ है यह एक्सीडेंट?
बोलता क्यों नहीं है सार्जेंट?
दयावश कोई यदि पूछेगा यह सब तो
सार्जेंट उसे खुद बताएगा
कल्प्रिट परमानेंट।

इसीलिए कहता हूँ
देखकर चलो।
ऐ भाई! जरा देखकर चलो!

गम नहीं कुछ भी तुम्हारे मरने का मुझे
क्योंकि तुम गरीब हो,
और जो गरीब है—
वह तो यहाँ जन्म लेते ही मर जाता है!
मुझे तो चिंता है—
तुम्हारे उन बच्चों की,
तुम्हारी उस पत्नी की,
तुम्हारे उन बूढ़े माँ-बाप की
जो घर पर बैठे हुए
यह सोच रहे हैं कि तुम
आओगे तो लाओगे,

उनके लिए थोड़ी सी धूप,
थोड़ी सी चाँदनी,
थोड़ी सी हँसी,
थोड़ी सी खुशी,
एक फिरकिनी,
एक गुब्बारा,
सेर भर आटा,
पाव भर दाल,
दो आने सेर के सस्ते-से आम,
खाँसी से मरती हुई मुनिया के लिए,
दो पैसे की पुड़िया में जीने का पैगाम।
मर गए कहीं जो तुम
सोचो जरा, क्या होगा—
उन अबोध सपनों का
देहरी पर तुम्हारी प्रतीक्षा में सोए हुए
उन तुतले वचनों का।
इसीलिए रुको—
रास्ता पार न करो—
और देखकर चलो!
ना-ना आँख में पानी मत भरो,
ऐसी नादानी मत करो—
निराश न हो, गरदन मत झुकाओ,
इनसान हो तुम उठो
सूरज से आँखें मिलाओ!
वक्त वह जल्दी ही आएगा
जब यह राजपथ
जनपथ में बदल जाएगा!
और तब यहाँ
सोना और चाँदी नहीं,

लोहा-फौलाद नहीं,
अफीम-गाँजा नहीं—
टिकुलियाँ,
सिंदूर-बिंदियाँ,
राखियाँ,
पालकियाँ-पिचकारियाँ,
और गेहूँ-ज्वार-बाजरा,
चावल और कपास से भरी,
गाड़ियाँ, हाँ—
बैलगाड़ियाँ दौड़ेंगी।
और सिनेमा की बदचलन
ट्यूनों और
गुस्ताख सीटियों के बजाय
फिजाओं में सुबह के गुलाब महमहाएँगे—
शेनी और बीजानंद,
हीर और राँझा,
सूर और तुलसी,
मीर और गालिब के—
प्यार भरे गीत गुनगुनाएँगे।
तब तुम इस सड़क को पार करना,
उछलना-कूदना,
रूठना-मनाना,
हँसना-मुसकराना,
चाहे तो बिस्तर बिछा के सो जाना।
आज लेकिन—
देखकर चलो!
ऐ भाई! जरा देखकर चलो!

□

## ✍ गोपाल बाबू शर्मा

# औंधे डिब्बे

गठबंधन का माँझा ढीला,
कंगाली में आटा गीला।

पड़े विरोधी पीछे ऐसे,
खिंचती गाड़ी जैसे-तैसे,
रोजाना का काम हो गया,
लीपा-पोती, काला-पीला।

क्वाँरी अम्मा आँख दिखाए,
ममता कर्कश बन गुर्राए,
हठधर्मी का जादू बोले,
बेचारा क्या करे लजीला?

बजता आज देश का बाजा,
लूट-खसोट कर रहे राजा,
आपा-धापी, धींगा-मुश्ती,
वातावरण हुआ जहरीला।

ताल ठोंकती है महँगाई,
बस जनता की शामत आई,
हँसे पेप्सी, कोका कोला,
औंधे डिब्बे, तवा, पतीला।

बगुले बैठे घात लगाए,
अपने भी हो रहे पराए,
धरा हुआ ताबूत सामने,
कोई भी ठोंकेगा कीला।

पाई गद्दी कैसे छोड़ें,
सुख से कैसे नाता तोड़ें?
यदि चुनाव में हार गए तो,
पड़ें बेचने छोले-चीला।

□

✍ चंद्रसेन 'विराट'

## कुछ न कहो

'तुलसी'—समर्थ का दोष नहीं
इन बड़ों-बड़ों से कुछ न कहो
वे हुए जन्म से ही महान्,
जनता ने नहीं महान् किया
सब ठाट-बाट लेकर उनने
खुद जनता पर अहसान किया।
वे बड़े पदों पर बैठ गए
अब पाँच बरस तक पाँव गहो
वे तो करते हैं बहु-प्रयोग,
जनता के ज़ीवन से, धन से
सच पूछो तो असफल होते
जनता के कोरे बचपन से।
वे जिम्मेदारी उठा रहे
उनके नखरे, चोचले सहो
वे तो बस आग तापते हैं,
घर जले तुम्हारा जलने दो
वे बदलेंगे न कभी करवट
युग को करवटें बदलने दो।

वे ठंडा पानी पीते हैं,
अपनी ज्वाला में आप दहो
वे अगर कारवाँ भटका दें,
तो गलती चलनेवालों की
गलती है उनके कामों में
गलतियाँ ढूँढ़नेवालों की।
जिस तरफ बहे उनकी आँधी
अंधे होकर उस तरफ बहो
मत नए खून को अवसर दो
अंकुर जो उठे, कुचल डालो
बस उनका फूल फूलने दो
कलियों को शेष मसल डालो।
तुम बोल सको तो जय बोलो
वरना बिलकुल चुपचाप रहो।

□

✍ चिरंजीत

## सरल है; कठिन है

सरल है बहुत चाँद-सा मुख छुपाना,
मगर चाँद सिर का छुपाना कठिन है।
अगर नौकरी या कि धंधा मिला हो,
कि पहना हुआ सूट बढ़िया सिला हो,
सरल है बहुत ब्याह करना किसी से,
मगर ब्याह करके निभाना कठिन है!
अगर सीनियर हैं, सभी से ठनी है,
जरा तिकड़मी, भाग्य के भी धनी हैं,
सरल है बहुत अफसरी, किंतु घर में—
तनिक अफसरीयत दिखाना कठिन है!
सभी लोग सच्चे, दया-धर्मवाले,
कि ईमानवाले, हया-शर्मवाले,
सरल नेक बनना व नेकी चुकाना,
मगर कर्ज लेकर चुकाना कठिन है!
अगर है चवन्नी, लिया एक सिगरिट,
बची जो चवन्नी लिया पान झटपट,
सरल है रईसी दिखाना, अकड़ना,
मगर जेब खाली छुपाना कठिन है!

अगर है तबीयत जरा रंगवाली,
तुरत छंद में बाँध तुक भी भिड़ा ली,
सरल है बहुत, काव्य-रचना सरल है,
मगर काव्य-पुस्तक छपाना कठिन है।

□

✍ जय चक्रवर्ती

## हम नवयुग के कवि हैं···

हम नवयुग के कवि हैं
काम हमारा कविताई!
गलियों-गलियों कवि सम्मेलन
हम सूँघा करते,
एक चाय, दो बिस्कुट में
दस कविताएँ पढ़ते,
अगर कहीं से पत्रं-पुष्पं की
कुछ आस जगे,
क्या मजाल जो भनक किसी को
कानो-कान लगे।
मय चमचों के स्वयं पहुँचते
करते अगुवाई!
अपनी सिर्फ सुनाते हैं हम
कभी नहीं सुनते,
हम क्या करें, हमें सुनकर
यदि श्रोता सिर धुनते,
एक-दूसरे को हम—
फूटी आँख नहीं भाते,

जड़ें काटते आपस में ही
जब अवसर पाते।
आत्मप्रशंसा लगे हमें
सर्वाधिक सुखदायी!
कथनी से करनी को—
हमने कभी नहीं जोड़ा,
जो कविता में लिखा, उसे—
कविता में ही छोड़ा,
गया वक्त जब कवि—
अपनी कविता को जीता था
कविता सोता, कविता खाता,
कविता पीता था।
आज बेचते हैं हम—
कविता, बनकर सौदाई!

□

✍ जवाहर 'इंदु'

## चिकने हुए घड़े

अब पंचायत के चुनाव
संसद् से बहुत बड़े,
परधानी में प्रतिद्वंद्वी पति-पत्नी हुए खड़े।
घर की बहू
खोल घूँघट को गलियाँ घूम रही,
जिसका छुआ
न पानी पीती उसको चूम रही।
दाँव लगा मूँछों पर, भइया
चिकने हुए घड़े।
घर के मन-मुटाव ने
इतना, नीचे गिरा दिया,
एक-दूसरे की कमियों
को, सबने गिना दिया।
सात भाँवरों के सब रिश्ते
टूटे, ताख पड़े।
पीढ़ी नई
संग भौजी के जय-जयकार लगाती,
रस्ता चलते

भइया को जनता दो–चार सुनाती।
प्यारा सारा गाँव बँट गया
अनगिन हुए धड़े।
राजनीति के सम्मोहन
में, सब ही फिसल गए,
आते ही चुनाव का
मौसम, ऊपर उछल गए।
जानी दुश्मन हुए परस्पर
कुछ इस तरह लड़े।

□

✍ ज्ञानेंद्र 'साज़'

## चमचा बन जा

जीवन में आगे बढ़ना है, चमचा बन जा,
उन्नति की सीढ़ी चढ़ना है, चमचा बन जा!
संयोजक के चमचे कवि ही आ पाते हैं,
कवि के चमचे स्वयं मंच पे गा जाते हैं।
तुझे मंच पे आना है तो चमचा बन जा!
कवि भाषा में गाना है तो चमचा बन जा!
लीडर के चमचे भी लीडर कहलाते हैं,
लीडर से बढ़कर चमचे चढ़ जाते हैं।
जब चाहेगा फूल खिलेगा चमचा बन जा,
जो चाहेगा वही मिलेगा चमचा बन जा!
पुलिस के चमचे मुखबिर बन स्वच्छंद विचरते,
आस-पास के सभ्य नागरिक उनसे डरते।
चमचों का युग आया भैया, चमचा बन जा,
पार लगेगी जीवन-नैया, चमचा बन जा!
संपादक का चमचा बन जा छप जाएगा,
प्रकाशक का चमचा बन जा बिक जाएगा।
कोई भी हो काम बनाना, चमचा बन जा,
जीवन में हो नाम कमाना, चमचा बन जा!

□

✍ तिलकराज गोस्वामी

## दाम हो गए

बौनेजी ने पाई कुरसी
उनके ऊँचे दाम हो गए,
भाषा पर बढ़ गई चाशनी
शब्द रसीले आम हो गए!

गाँजा छोड़ा, छोड़ी ताड़ी
अब वे संत कबीर हो गए,
दर परदा हैं पाते दौलत
दीखते ज्यों फकीर हो गए,
छाई रहती हरदम मस्ती
भक्तों के वे राम हो गए!

दुनिया भर की सुख-सुविधाएँ
उनके चारों ओर घूमतीं,
संतों जैसा पहने बाना
जनता उनके चरण चूमती,
तूती उनकी बोला करती
बापू सीता राम हो गए!

जाते रहते थे कोठे पर
अब संसद् को शोभित करते,
नई अदाओं के बूते पर
जनता को संबोधित करते,
क्या किस्मत ने पलटा खाया
देश में वे सुनाम हो गए!

□

✍ दिनेश रस्तोगी

## इस देश का यारो क्या कहना

फिल्मी लंबू का तंबूपन,
बूढ़ा, जवान दिल की धड़कन।
हो उम्र भले जिसकी छप्पन,
बुलगेनिन दाढ़ी में बच्चन।
दिखलाए करोड़क्रोड़पती सपना,
जन गण मन को पागल करना!
इस देश का यारो क्या कहना,
क्या यही है दुनिया का गहना?

है छोटी पॉकेट, लूट बड़ी,
हर माल पे ऑफर-छूट जड़ी।
टाटा-बिड़ला या डालमियाँ,
सारे हैं माल निकाल मियाँ।
टी.वी. पर विज्ञापन लखना,
रहजन से मुश्किल है बचना।
इस देश का यारो क्या कहना,
क्या यही है दुनिया का गहना?

जंगल का मंगल चंदन वन,
भीतर सरकारी संबलपन।

है राज करे ए.के. छप्पन,
तू धन्य-धन्य हे वीरप्पन!
जलवा मूँछों का तर रखना,
चूहे से बिल्ली का डरना।
इस देश का यारो क्या कहना,
क्यां यही है दुनिया का गहना?

मूरख जनता सरकार चुने,
चुनकर सिर को हर बार धुने।
हर नेता मालामाल बने,
क्यों कर कुरसी-चौपाल सुने।
न्यायालय की बकबक करना,
बहरों का क्या दस्तक सुनना।
इस देश का यारो क्या कहना,
क्या यही है दुनिया का गहना?

डिग्री लेकर बेकार पड़े,
जीवन भर हो लाचार सड़े।
मत पाने को बीमार खड़े,
खुश सारे हैं सरकार धड़े।
आसान हो गया दम घुटना,
पर अटल सचल उनका घुटना।
इस देश का यारो क्या कहना,
क्या यही है दुनिया का गहना?

मारा-मारी है लूटमार,
आतंकी हिंसा-चीत्कार।
अगड़ों-पिछड़ों का नर-संहार,
डूबी नौका कैसा बिहार!
घरवाली है रानी-पटना,
लालूजी का रबड़ी छकना।
इस देश का यारो क्या कहना,
क्या यही है दुनिया का गहना?

हों भले उड़ाते सिक्स-सिक्स,
गड़बड़ क्रिकेट में मिक्स-मिक्स।
हो जाते सारे मैच फिक्स,
जब 'कैच' हुए तो डिस्स-मिस्स।
चेहरों पर कालिख का पुतना,
जीते-जी कवर तले छुपना।
इस देश का यारो क्या कहना,
क्या यही है दुनिया का गहना?

सारी मर्यादा दफन हुई,
वो आन-बान सब कफन हुई।
घोटाले, लूट-खसोट आज,
पीड़ित इनसे सारा समाज।
चौराहों पर अस्मत लुटना,
हर ओर प्रशासन है बौना।
इस देश का यारो क्या कहना,
क्या यही है दुनिया का गहना?

□

✍ दिनेश सिंह

## गूँगा 'सनीमा'

तुम असीमित हो
कहन की एक सीमा है,
चटक अभिनय—
    बोल का स्वर
        बहुत धीमा है!
उठ रही नेपथ्य से
बहुवाद्य की धुन,
गूँजता है कान
दूजे कान से सुन;
    यह अबोले गाँव का
        गूँगा 'सनीमा' है!
तुम न मानोगे समय को
समय की गढ़ के,
एक पग आगे
धरे ही रहोगे बढ़ के;
हर पहर, हर घर तुम्हें
दावत-वलीमा है!
धरम धरती का धरण है

शरण है सहना,
डूबकर जाना जन्म है
मरण है बहना;
तैरकर बेघाट यों होना
पशीमा है।

□

✍ देवमणि पांडेय

# ये लोन जरूरत है घर की

ये तबियत कर दे हरी-भरी,
इससे अच्छा है कौन यार।
इंटरेस्ट अगर है शादी में,
इंटरेस्ट पे ले लो लोन यार॥

ये लोन भंग की बूटी है,
लेते ही मस्ती छा जाए।
पल भर में सुस्ती दूर करे,
तन-मन में फिटनेस आ जाए॥

ये लोन जरूरत है घर की,
क्यूँ साधे बैठा मौन यार।
इंटरेस्ट अगर है शादी में,
इंटरेस्ट पे ले लो लोन यार॥

स्टांप-पत्र पर साइन कर,
इक अर्जी जरा लगा देना।
पेमेंट का टेंशन मत लेना,
किस्तों में इसे चुका देना॥

घर जाकर घंटी बजवाओ,
डेड पड़ा हुआ है फोन यार।
इंटरेस्ट अगर है शादी में,
इंटरेस्ट पे ले लो लोन यार॥

लेना चाहो जो लोन अभी,
इक विटनेस ढूँढ़ के लाओ तुम।
इस लोन में लफड़ा कोई नहीं,
लेकर बस जश्न मनाओ तुम॥

ये लोन देखते ही पल में,
बीवी का बदले टोन यार।
इंटरेस्ट अगर है शादी में,
इंटरेस्ट पे ले लो लोन यार॥

□

✍ ध्रुवेंद्र भदौरिया

# नटवर लाल त्रिभंगी

नेता नटवर लाल त्रिभंगी,
भारत माँ कर दी भिखमंगी!
गांधीजी लाए आजादी,
भगत सिंह ने जान लगा दी,
शेखर भी बलिदान हो गए—
चेले चुरा ले गए खादी;
एक अरब संतानें माँ कीं
घूम रहीं सड़कों पर नंगी!
भारत माँ कर दी भिखमंगी!!
अस्पताल बीमार पड़े हैं,
कर्जों के अंबार पड़े हैं,
भिक्षापात्र लिये हाथों में,
हम विदेश के द्वार पड़े हैं;
मृत्युमुखी है जनता सारी—
मंत्रीजी की सेहत चंगी!
भारत माँ कर दी भिखमंगी!!
बातें करते रामराज की,
वे स्वराज की, ये सुराज की,

मंदिर–मसजिद महत्त्वपूर्ण है—
किसको चिंता है समाज की;
फूलें–फलें घुटाले लेकिन,
बनी रहे बिजली की तंगी!
भारत माँ कर दी भिखमंगी!!

□

✍ नचिकेता

## पहचान

यह किसकी पहचान,
साधो, यह किसकी पहचान।

गद्दी पर बैठे हैं जाके
नए मसीहे ये जनता के,
तन पर खादी
मन में गादी,
होंठों पर मुसकान···

पशुओं का चारा खाएँगे
बिटुमिन-टैंक पचा जाएँगे,
खाद, बीज, वरदी—
धोती पर भी
हैं मेहरबान···

'भूरा बाल' साफ कर देंगे
पिछड़ों के दुःख-दर्द हरेंगे,
आमसभा में

सरेआम ये
करते हैं ऐलान···

तरह–तरह के रंग बदल के
छलते हैं भाषा के छल से,
एक समान
नजर में जिनकी
हैं साधू–शैतान···

□

## अपार महिमा

महिमा अगम–अपार!
साधो, महिमा अगम–अपार!

प्रभु की महिमा अजब निराली
जेब करे जनता की खाली,
मगर विदेशी मुद्राओं का
भरा रहे भंडार!

बड़ी अनोखी है यह झाँकी
पच्छिम से आ रही हवा की,
उपभोगी संस्कृति रही है
अपने पाँव पसार!

होगी टेढ़ी नजर जरा सी
सी.बी.आई. को भी खाँसी,
हो जाएगी उच्च अदालत
की भी जिह्वाचार!

जिसने जितनी की चतुराई
उतनी पाई खीर-मलाई,
यहाँ नहीं अब घोटाला
कहलाए भ्रष्टाचार!

□

✍ नागेंद्र 'अनुज'

# वाह, क्या बात है !

भूख है, निराशा है, हिंसा है क्लेश है,
शोषण है, नफरत है, आपसी विद्वेष है।
आँसू हैं, विपदा है, चुभता-परिवेश है,
लाशों से पटा आज गांधी का देश है।
होती विदेशों से खादी आयात है,
वाह, क्या बात है!

राजनीति पसरी है आज हरेक गाँव में,
आग बरसती है यहाँ पेड़ों की छाँव में।
सूरज श्रद्धावनत है जुगनू के पाँव में,
शोले उग आए हैं आज हरेक ठाँव में।
खुद की परछाईं भी आज करे घात है,
वाह, क्या बात है!

फूल दिया जिसको, वो भोंक रहा भाला,
ओढ़ता है माँग के अभिनंदनी दुशाला।
देशप्रेमियों को गया देश से निकाला,
मेहनतकश पाता न शाम को निवाला।
अनुज ये देश के विकास की शुरुआत है,
वाह, क्या बात है!

□

✍ नीलमेंदु 'सागर'

## देसी कुत्ते

देसी कुत्ते बड़े काम के।
एक ठाँव रहना न जानते
नीति-नियम कुछ नहीं मानते,
अनियंत्रित अति अन-आमंत्रित।
चीफ गेस्ट ये सुबह-शाम के,
देसी कुत्ते बड़े काम के।

किस पर झौंझाना गुर्राना
कब किस खातिर पूँछ हिलाना,
इन्हें पता है कब क्या घपला।
नेता हैं ये धरा-धाम के,
देसी कुत्ते बड़े काम के।

जनहित इनका लक्ष्य सही है
फिर भी कोई साक्ष्य नहीं है,
क्षण अगड़ा के क्षण पिछड़ा के।
कल दक्षिण के आज वाम के,
देसी कुत्ते बड़े काम के।

भक्ष्य-अभक्ष्य नहीं कुछ वर्जित
मरघट-मरी-भोज से हर्षित,
कभी-कभी अनशन भी करते।
बेमत मजनू हाड़-चाम के,
देसी कुत्ते बड़े काम के।

□

✍ पंकज परिमल

## गीत : आगरा शिखर वार्त्ता प्रसंग

सुस्वागतम् सुस्वागतम् सुस्वागतम् सुस्वागतम्,
यदि शत्रु भी हो अतिथि तो मुसकान है अपना धरम।
सुस्वागतम् सुस्वागतम् सुस्वागतम् सुस्वागतम्॥

गरिमामयी पोशाक पर मुसकान की हैं सलवटें,
इतिहास के पन्ने प्रतीक्षा में बदलते करवटें।
रमणीक दृश्यों के पटल कुछ दूर कर दें उलझनें,
कुछ तने मुखड़े नम्र हों कुछ शिकन माथे की घटें॥
व्यवहार कितना शिष्ट हो हमको नहीं झूठे भरम,
सुस्वागतम्… ॥

पूर्वग्रहों की प्लेट में हठ के छुरी काँटे लिये,
सौजन्य के व्यंजन सभी तुमने हजम हैं कर लिये।
झंडे उठाए मित्रता के आपसी सहयोग के,
चलते समय झंडों बिना डंडे सँभाले चल दिए॥
पर शत्रु के सौभाग्य की भी कामना में व्यस्त हम,
सुस्वागतम्… ॥

तीखे रखें वे शब्द भी वक्तव्य में ढलते समय,
यह था उचित विषदंत को आस्तीन में पलते समय।
संस्कारवश कुछ चुप रहे कुछ मित्र के सम्मानवश,
मुसकान के मधु में विषैली दृष्टि के डलते समय॥
कुछ शील कुछ आचार ने रोका नहीं कमजोर हम,
सुस्वागतम्... ॥

मतभेद थे, अच्छा रहा जो हो गई बातें विफल,
धोखा हुआ होता अगर जो संधियाँ होतीं सफल।
जो थे अतुल अनमोल उनका ही न मोल निभा सके,
सम्मान में गत संधियों की आज भी हम हैं अटल॥
कुछ बात नजरंदाज की, लेकिन नहीं था दृष्टिभ्रम,
सुस्वागतम्... ॥

हिमखंड पर पदचारणा के भी चरण अनुकूल हैं,
दुर्दम्य अपनी शक्ति है मौसम भले प्रतिकूल है।
वे गर्व से मस्तक हमारा आज ऊँचा कर रहीं,
इतिहास के अभिलेख में हमने करी जो भूल है॥
इक्कीस तो हैं शक्ति में पर नम्र है परमाणु बम,
सुस्वागतम्... ॥

□

✍ परमेश्वर गोयल

# जोश नहीं है

चोरों ने भी खादी पहनी,
यह खादी का दोष नहीं है।

राजनीति व्यापार बन गई
आदर्शों की नींव ढह गई,
लूट-खसोट मची चौतरफा,
न्याय, व्यवस्था मौन हो गई।
जनता गूँगी बनी द्रौपदी,
युवा कृष्ण को होश नहीं है!
चोरों ने भी···

हथियारों की भाषा चलती,
हिंसा शीशमहल में पलती,
पहरे पर शैतान खड़े हैं,
हाथ व्यवस्था अपने मलती,
युवा-शक्ति भी मौन हो गई—
लगता उसमें जोश नहीं है!
चोरों ने भी···

हम जब से आजाद हुए हैं
लालचवश बरबाद हुए हैं,
गांधी के आदर्श देश में,
चालबाज आबाद हुए हैं।
अर्जुन भी है बना शिखंडी—
जनमानस में रोष नहीं है!
चोरों ने भी…

जाति, धर्म, भाषा के झगड़े
प्रांतवाद के ओछे रगड़े,
भूल भावना देश-प्रेम की
चाहत है कुरसी को पकड़ें।
फूटेगा यह कुंभ पाप का—
कलमकार खामोश नहीं है!
चोरों ने भी…

यह पवित्र अति मंगल धागा
इसको पहन देश था जागा,
युवकों ने हुंकार भरी थी,
दुश्मन देश छोड़कर भागा।
कैसे लाज बचेगी अपनी,
गांधी, नेहरू, बोस नहीं है!
चोरों ने भी…

□

✍ प्रदीप दुबे 'दीप'

## कागजवाले घोड़े

बड़े प्रतापी नाथ आपके कागजवाले घोड़े!

बड़े वीर हैं पीछे मुड़कर, देखा नहीं इन्होंने,
कागज के हैं तो क्या, इनके खुर बलशाली-पैने,
कभी-कभी तो मन की गति के कीर्तिमान भी तोड़े!
बड़े प्रतापी नाथ…

बुरी बात क्या जो ये बाँचें, सभी ओर खुशहाली,
जिस घर में मम-मम के फाँके, उस घर भी दीवाली,
पता नहीं क्यों शंका करते, इनपर लोग निगोड़े॥
बड़े प्रतापी नाथ…

□

## प्राणप्रिये घर जल्दी लौटो!

तुम बिन सचमुच बुरे हाल हैं, प्राणप्रिये घर जल्दी लौटो,
माल खत्म जेबें उलाल हैं, प्राणप्रिये घर जल्दी लौटो!

बटन नहीं इक भी कुरते में, पाजामे का नाड़ा टूटा,
चार गिलास शहीद हो चुके और किचिन का मटका फूटा।
पूरे घर में पुरे जाल हैं, प्राणप्रिये घर जल्दी लौटो!

पड़ी डाँट खाने की आदत, खाना हजम नहीं होता है,
याद तुम्हारी बहुत सताती, जब खुमार कुछ कम होता है।
रोनी सूरत, बढ़े बाल हैं, प्राणप्रिये घर जल्दी लौटो!

बच्चे तुम ले गईं साथ में, कौन मचाए हल्ला-गुल्ला,
परेशान करता रहता है, छोड़ा जो कुतिया का पिल्ला।
उसके भी नखरे कमाल हैं, प्राणप्रिये घर जल्दी लौटो!

ऐसे में बस ध्यान रख रही, बाजूवाली नई पड़ोसन,
कभी चाय लेकर आती है, कभी करा देती है भोजन।
'वो ही' जिसके पिंक गाल हैं! प्राणप्रिये घर जल्दी लौटो!

□

✍ प्रसाद 'निष्काम'

# मेरी घरवाली

दुनिया भर में नई निराली,
आँख मूँदकर देखी-भाली।
मेरी घरवाली···

ब्यूटी पार्लरवाला भभका,
देखा-देखी में मन अटका।
सूँघ-साँघकर यह हीरामन,
पिंजड़े में ही चहका-फुदका॥
उसे ब्याहने की रौ में फिर,
चकाचौंध बारात निकाली।
मेरी घरवाली···

नई चाँदनी चार रात की,
फिर दुर्दिन दुःख भरी बात की।
ससुरे ने आकर घर-भीतर,
गुड़िया रानी की सभात की॥
फेरे जिसके साथ फिरी है,
उसके साथ रहेगी लाली।
मेरी घरवाली···

गाड़ा अरमानों का खूँटा,
मात-पिता का दिल भी टूटा।
घर-आँगन हो गया विभाजित,
उस मैडम ने मुझको लूटा॥
हा, दुर्योग हुआ कब वश में?
पछुवा हवा बजाए ताली।

मेरी घरवाली···

हँसी-खुशी में गाल फुलाती,
फिर मैके में आँख दिखाती।
करवाचौथ पुजे मैके में,
दुनिया मेरी हँसी उड़ाती॥
शादी करके मैं भर पाया,
मैडम उजले मन की काली।

मेरी घरवाली···

□

✍ प्रेमकिशोर 'पटाखा'

# सुर्री-पटाखे

पढ़ा सुबह अखबार सुर्खियाँ, लूट-मार सन्नाटा,
महँगाई भी चीर हरण कर मार रही है चाँटा।
भारत के कल्चर में गूँजा बस चरने का नारा,
खाने की टेबिल पर रखकर चर गए देश हमारा।
थोड़ा मक्खन लगा के,
आ गए ले के सुर्री-पटाखे।

चट मँगनी पट ब्याह, ब्याह से पहले होती शादी,
शादी से भी पहले बच्चे, खूब मिली आजादी।
आबादी का ढोल बजाते, घर-घर करें मुनादी,
बच्चों पर बच्चे दस बच्चे, क्रिकेट टीम बना दी।
घूमें बल्ला घुमा के,
आ गए ले के सुर्री-पटाखे।

टी.वी. के परदे पर देखा हर चेहरा रंगीन,
जिस चैनल का बटन दबाया, मिला सीन नमकीन।
इंटरनेट लवर चैनल का जब-जब बटन दबाया,
लैला ने भी आँख दिखाकर चैनल नया चलाया।

चली सबको पटाके,
आ गए ले के सुर्री-पटाखे।

फैशन की दुनिया में होते रोज नए हंगामे,
टाँगों में लटकी कमीज है बाँहों में पाजामे।
पॉप सौंग में उछल रही हैं, ये फिल्मी बालाएँ,
मेकप से तन को ढकती हैं, खुशबू में उड़ जाएँ।
बिना पंख लगा के,
आ गए ले के सुर्री-पटाखे।

मुँह में दाँत न आँत पेट में बलम बलैया खाए,
जब से नई पड़ोसन आई देख-देख ललचाए।
चोरी-छिपते ताक-झाँक में करते नैन मटक्का,
देख लिया उस दिन बीबी ने दिया कमर का धक्का।
गिरे औंधे मुँह जाके,
आ गए ले के सुर्री-पटाखे।

लाल लगाम उड़ रही घोड़ी बूढ़ों पर है मस्ती,
च्यवनप्राश में चाट रहे हैं ये बूढ़े तंदुरुस्ती।
जिसको हमने डैडी समझा निकली वो तो मम्मी,
समझ संतरा जिसे निचोड़ा निकली बड़ी मुसम्मी।
रसगुल्ला दबा के,
आ गए ले के सुर्री-पटाखे।

□

✍ बंपर बहराइची

## हर मोड़ पे…

पीकर मैं बात करता हूँ रोजे हिसाब की,
क्या फिक्र हो बताओ मुझे अब हिजाब की,
करिए न मुझसे बात अजाबो-शबाब की,
मेरी नजर में रहती है दुनिया शबाब की,
हर मोड़ पे खुली है दुकान एक शराब की!

नश्शे में गिर के करता हूँ आबाद नालियाँ,
बच्चे भी मेरे पीछे बजाते हैं तालियाँ,
छेड़े जो मुझको कोई तो देता हूँ गालियाँ,
हर शख्स को दिखाता हूँ आँखें अताब की,
हर मोड़ पे…

पीकर शराब अपनी मिटाता हूँ जिंदगी,
मैं जिंदगी के साथ भी करता हूँ दिल्लगी,
और मयकदे में जाम की करता हूँ बंदगी,
रखता हूँ अपनी जेब में पुड़िया कबाब की,
हर मोड़ पे…

दो-चार साल बाद वो ताकत नहीं रही,
खुद से मुकाबले की भी हिम्मत नहीं रही,
अब मुझको बीवी-बच्चों की हाजत नहीं रही,
अब साथ-साथ रहती है दुनिया अजाब की,
हर मोड़ पे...

अब मुझको शराफत से सरोकार नहीं है,
माँ-बाप की दौलत से मुझे प्यार नहीं है,
इकरार उसे है मुझे इनकार नहीं है,
'बंपर' मेरी नजर में है दुनिया शबाब की,
हर मोड़ पे खुली है दुकान एक शराब की।

□

✍ बलजीत सिंह

# अरे बुड्ढे सुन

सुन-सुन-सुन, अरे बुड्ढे सुन,
चुप रहने में बड़े-बड़े गुन,
अब इस मुँह पर टेप लगा ले
चौबीस घंटे सुन।

हुक्म चलाना छोड़-छाड़ अब
हुक्म मानना सीख,
वरना अपने ही बच्चों से
मिल न सकेगी भीख
जीते-जी यदि मरना हो तो
चल अपनी ही लीक,
तेरे बच्चों के बच्चे भी
अक्ल करेंगे ठीक।
कोई नहीं सुनेगा तेरी
फिर रोना सिर धुन,
सुन-सुन-सुन, अरे बुड्ढे सुन!

देख जगत् की रीत समय से
पहले मूर्ख, सँभल ले,
सारा धन मत बाँट बावले
कुछ पाकिट में धर ले।
टुकड़ों को मुहताज न हो,
कुछ ऐसा रस्ता चुन,
सुन-सुन-सुन, अरे बुड्ढे सुन!

'राम' आज का 'दशरथ' को
बेहूदा बतलाता है,
गीता-रामायण को तज
फिल्मी गाने गाता है।
मात-पिता को छोड़ बिलखता
कुत्ते टहलाता है,
या एडल्ट फिल्म में खोकर
स्वर्गिक सुख पाता है।
सभी पुराने आदर्शों को
लगा हुआ है घुन,
सुन-सुन-सुन, अरे बुड्ढे सुन!

करने दे जो करता कोई
कभी न टाँग अड़ाना,
लख अधनंगी बहू-बेटियाँ
कभी न नाक चढ़ाना।
अपनी बुढ़िया को संग लेकर
डिस्को में तू जाना,
डाल के बाँहों में बाँहें फिर
ठुमके खूब लगाना।

लगा के पूरा जोर मिला
युवकों की तू धुन-में-धुन,
सुन-सुन-सुन, अरे बुड्ढे सुन!

अब मूँछों को मुँड़वा दे या
उनको नीचा कर ले,
खैर इसी में है कि वक्त से
तू समझौता कर ले।
याद न करना कभी भूलकर
बीता हुआ जमाना,
आँख बंद कर हाँ-में-हाँ
बच्चों की सदा मिलाना।
मतलब से मतलब रख बुड्ढे
नीति रीति कर पुन,
सुन-सुन-सुन, अरे बुड्ढे सुन!

पोते को तू गर्लफ्रैंड संग
जाने से मत रोक,
पोती को भी कर लेने दे
पूरे अपने शौक।
दुःखी न हो यह सोच कि तुझको
मिला नहीं यह चांस,
तू भी ले ताकत के नुस्खे
कर मन भर रोमांस।
अगर विधुर है कर ले शादी।
देख के शुद्ध शकुन,
सुन-सुन-सुन, अरे बुड्ढे सुन!

अरी ओ बुढ़िया बहू की
आशाओं पर खरी उतरना,
उसको रानी बना के तू खुद
दासी बनकर रहना।
वह चाहे जो बके न उसको
लौट के उत्तर देना,
सारे घर की सभी बलाएँ
अपने सिर ले लेना।
और न कोई काम अगर हो
तो स्वेटर ही बुन,
सुन-सुन-सुन, अरे बुड्ढे सुन!

□

✍ बुद्धिनाथ मिश्र

## शामिल होते

शामिल होते शोकसभा में
फल बाँटें बीमारों में,
कोशिश सबकी यही कि कैसे
नाम छपे अखबारों में।

चार टके की करते सेवा
सौ खरचें विज्ञापन पर,
नारद के वंशज संवादी
जीते उनकी खुरचन पर।
बन जाती है बिगड़ी बातें
रातोरात इशारों में।

सूर्यदेव जैसे नायक वे,
सौ-सौ विवश पृथाओं[१] के,
बड़े-बड़े बैनर प्रमाण हैं
उनकी दानकथाओं के।
मुट्ठी भर चावल की खातिर
सुरगुरु[२] खड़े कतारों में।

चाट रहे कुरसी को जैसे
साँड़ गाय को चाटे हैं,
जाए कौन किधर कैसे
हर पैड़ा[३] बिल्ली काटे है।
बदल गए सपने विराट्
सबके सब बौने नारों में।

□

१. कुंती, २. देवताओं के गुरु बृहस्पति, ३. रास्ता।

✍ बृजनाथ श्रीवास्तव

## जूता पहने पाँव में

पूरब की तो बातें करता
सूरज उतरा गाँव में!

पश्चिम के हैं कपड़े पहने
पश्चिम की ही बोली है,
पश्चिम का है चाय-नाश्ता
पश्चिम ही हमजोली है;

मुहर विदेशी नाम स्वदेशी
जूता पहने पाँव में!
खेतों की ये रोगी फसलें
खाद पश्चिमी खाती हैं,
पुरवा को त्याग रही कलियाँ
पछुआ के गुन गाती हैं,
आज नहीं तो कल डूबेगी
छेद हुआ जो नाव में!
रास रचाता किरनों के संग
अपने ही घर बौछारें,
गाँव-नगर की जलती राहें

कहाँ खोपड़ी दे मारें;
पेड़ अपर्णी काँटोंवाले
बैठे किसकी छाँव में!

□

## खोल रही पोल

बूढ़ी भिखारिन भी
खोल रही पोल,
कंचन चिरैया के
बड़े-बड़े बोल!
फर्क नहीं जानती
कौन कहाँ देश,
धर्म नहीं जानती
लुटी कौन वेश।
आँखों में नाचती,
धरा गोल-गोल!
हाथ बढ़ा माँगती
दिखा रही पेट,
काँख दबी पोटली
हाथ में समेट।
देश के विकास का,
वजन रही तौल!
दिल्ली दरबार फिर
मंदिर के द्वार,
ढूँढ़ती समानता
मौलिक अधिकार;
भले रामराज्य का
पीट रही ढोल!

□

✍ बेढब बनारसी

## बीती विभावरी

बीती विभावरी जाग री,
छप्पर पर बैठे काँव-काँव,
करते हैं कितने काग री!

तू लंबी ताने सोती है,
बिटिया 'माँ-माँ' कह रोती है,
रो-रोकर गिरा दिए उसने
आँसू अब तक दो गागरी,
बीती विभावरी, जाग री!

बिजली का भोंपू बोल रहा,
धोबी गदहे को खोल रहा,
इतना दिन चढ़ आया लेकिन,
तूने न जलाई आग री!
बीती विभावरी, जाग री!

उठ जल्दी दे जलपान मुझे,
दो बीड़े दे-दे पान मुझे,
तू अब तक सोई है आली,
जाना है मुझे प्रयाग री!
बीती विभावरी, जाग री!

□

✍ ब्रह्मजीत गौतम

## हे नाथ!

हे नाथ, परीक्षा में यदि पास करा दो,
परसाद सवा रुपए का मैं बाँटूँगा!

मैंने अब तक सब समय वृथा ही खोया,
दिन-रात चादरा तान खूब मैं सोया,
हर रोज सिनेमा देखे और दिखाए,
अब देख कोर्स को रोम-रोम है रोया;

यदि अब के मेरी नैया पार लगा दो,
अहसान तुम्हारा जीवन भर मानूँगा!

यदि फेल हुआ तो होगी अति बदनामी,
सब लोग कहेंगे मुझको लोफर नामी,
बस एक मात्र हो तुम्हीं सहायक मेरे,
जैसे हो वैसे पास करा दो स्वामी!

यदि अब के परली पार मुझे पहुँचा दो,
घी-शक्कर से मैं तुमको पुजवा दूँगा।

☐

✍ भगवत दुबे

# कान खोल खें सुन लो सैंयाँ

**(बुंदेली)**

कान खोल खें सुन लो सैंयाँ, दाब न सैहों तुम्हारी मैं,
बत बढ़ाव न करे डुकरिया, कह दइयो महतारी सें।

टनाटन्न गिनवा लए पैलऊ तबई ब्याइ खें लाए हो,
बाइसिकल उर घड़ी-रेडुआ, माँग-माँग खें लाए हो,
चार रुपैया निकरत नैंया, मोरी पान-सुपारी खें—
कान खोल खें सुन लो सैंयाँ!

पानी भरबे के लाने तुम पनहारिया लगवा लइयो,
खाना दोनऊ बेरा को, अपनी बऊ से बनवा लइयो,
मोहन भोग बिना न खैहों, चाहे लाव उधारी सें—
कान खोल खें सुन लो सैंयाँ!

ससुरा खों-खों करत रहत हैं, चिलम-गुड़ाखू तानत हैं,
बैठे-बैठे खटिया टोरें, भिनकैबो भर जानत हैं,
दिन को खाओ पचत नैयाँ, पे तकतई रहें बियारी खें—
कान खोल खें सुन लो सैंयाँ!

छोटी ननदी बड़ी बिजत्तर, मुहड़ो खूब चलाउत है,
मीन-मेख खें स्यानी दाई, मुँह बिचका इतराउत है,
गुँझमुँझया खें घड़ी बिगाड़त, पहन-पहन मोरी साड़ी खें—
कान खोल खें सुन लो सैंयाँ!

विष को पूरो दिवरा 'करिया' भौंरा सो मन्नाउत है,
मोरी छोटी बहिन आय तो, आँख बहुत मिचकाउत है,
ये घर सें तो कान पकर लए, ब्याह न हूहे सारी सें—
कान खोल खें सुन लो सैंयाँ!

जेठ-जिठानी ताना मारें, निंदरें मोरी पढ़ाई खें,
कौनऊ दिना झरा खें धरहों, मैं नइ डरों लड़ाई खें,
हाथ-पाँव साबुत न बचहें, मैं भी आइ तयारी सें—
कान खोल खें सुन लो सैंयाँ!

□

✍ भारत भूषण

## हे ईश्वर! मुझे क्षमा करना

मैं गीत बेचकर घर आया
सीमेंट ईंट लोहा लाया,
कवि-मन माया ने भरमाया
हे ईश्वर! मुझे क्षमा करना!

जनमा था आँसू गाने को
खोया झूठी मुसकानों में,
भीतर का सुख खोजता फिरा
बाहर से सजी दुकानों में।
मैं अश्रु बेचकर घर आया।
प्लास्टिक के गुलदस्ते लाया,
अपनी आत्मा को बहकाया
हे ईश्वर! मुझे क्षमा करना!

शब्दों-शब्दों सौंदर्य गढ़ा
नगरों-नगरों नीलाम किया,
संतों की संगत छोड़ किसी
वेश्या के घर विश्राम किया।

मैं प्यार बेचकर घर आया।
चुटकी भर सुविधाएँ लाया,
क्या करना था, क्या कर आया,
हे ईश्वर! मुझे क्षमा करना!

सारे दागों को ढके फिरा
छंदों की शिल्पित चादर से,
गोरे कागज काले करता।
टेढ़े-मेढ़े हस्ताक्षर से
मैं शर्म बेचकर आया
गहरे रंग का चश्मा लाया,
दर्पण पर परदा लटकाया
हे ईश्वर! मुझे क्षमा करना!

□

✍ मधुकर गौड़

# नीम अँधियारा

क्यों कुछ लोग लिये बैठे हैं
निज-आँगन सारा उजियारा?
आशा लिये हुए चेहरों को
नीम हो गया है अँधियारा!

नए-नए फरमान लिये क्यों
रोज हुकूमत भरमाती है?
औ' भविष्य के कोमल मन को
अकसर क्यों वह दहलाती है?

रोज घृणित खबरें ले आता
अखबारोंवाला हरकारा!
क्यों…?

कोई उजला हाथ नहीं है
कोई किसके साथ नहीं है,
सुबह सुनहरी लिख दे हँसकर
ऐसी कोई रात नहीं है!

होंठों से मुसकान खो गई—
आँखों से भटका निदियारा!
क्यों कुछ लोग लिये बैठे हैं—
निज आँगन सारा उजियारा!

□

✍ मधुर शास्त्री

## आधुनिक भ्रम

जानता हूँ मैं तुम्हारे पास
मीठा जल नहीं है,
कह रहे हैं लोग 'जलधर'—
आधुनिक का भ्रम यही है!

गाँठवाला बाँस लेकर
बेसुरी वंशी बजाता,
खो गई है गंध, अब वह
फूल कागज के सजाता।
जानता हूँ खोखलापन।
आदमी की जिंदगी का,
है दिखावा सिर्फ बाहर—
आधुनिक का भ्रम यही है!

देह की आराधना में
आत्मा का प्यार खोया,
शब्द की आकृति विकृत कर
अर्थ का संस्कार खोया।

जानता हूँ मैं तुम्हारे पास
वह प्रतिभा नहीं है,
कह रहे हैं लोग 'कविवर'—
आधुनिक का भ्रम यही है!

दृष्टि के पीछे अदेखा—
सत्य भी है यह न माना,
मंजिलें कुछ कह रही हैं
मोड़ का पत्थर न जाना।
जानता हूँ मैं तुम्हारे पास।
कोई पथ नहीं है,
बन रहे हैं लोग 'अनुचर'—
आधुनिक का भ्रम यही है।

□

✍ महाश्वेता चतुर्वेदी

# स्वर्णिम दिवसों को

हर क्रिया नहीं है कर्म सखे!
कुछ अपने मन को समझाओ!
इन लक्ष्यहीन दौड़ों में ही
स्वर्णिम दिवसों को व्यर्थ किया,
फिर कर्मयोग का बन अबोध—
मनमाना तुमने अर्थ किया;
सुविचारों की कंघी द्वारा
अलकें कुतर्क की सुलझाओ!
ऊँचे कुबेर के महलों में भी—
रहकर कुछ संतुष्ट नहीं,
अन्याय स्वयं के साथ किया
अपने से ही क्या रुष्ट नहीं;
समरसता का प्रिय मंत्र भूल,
अपने को और न उलझाओ!
वह कौन वस्तु जिससे वंचित
उपवन भी है मरुथल लगता,
अनमोल धरोहर छीन कौन—
तुमको प्रतिपग पर है ठगता?
शापित अपनी दुर्बलता पर,
कुछ सोच-सोचकर पछताओ!

□

✍ महेश नामदेव

## बेटा, खादी का वरण करो

उज्ज्वल भविष्य में चरण धरो,
बेटा, खादी का वरण करो।
इससे बेहद सुख पाओगे
सबसे प्यारे बन जाओगे,
संकट सारे कट जाएँगे
अभाव तुम्हारे हट जाएँगे।
नेताजी का अनुसरण करो,
बेटा, खादी का वरण करो!

ईमानदारी में क्या पाया
सूखी रोटी ना खा पाया,
क्या पाया जो तुम लिखे-पढ़े
राशन के लिए रहे सदा खड़े।
अब ना जीवन को मरण करो,
बेटा, खादी का वरण करो!

अपने ही सुखिया को देखो
सुखिया से सुखराम हुआ,
कर-कर चमचागिरी नेता की
सुख-साधन आज तमाम हुआ।
हाँ, चमचों-सा आचरण करो,
बेटा, खादी का वरण करो!

नियम विरुद्ध हर काम करो
कानून से तुम ना तनिक डरो,
बदनामी जितनी पा जाओ
खुद को उतना बदनाम करो।
सरकारी धन का हरण करो,
बेटा, खादी का वरण करो।

लोगों पर फंदा डालो तुम
जिसका जो पाओ खा लो तुम,
मौका पाकर घोटाले करो
काम-धंधे सब काले करो।
चोरी, तस्करी, अपहरण करो,
बेटा, खादी का वरण करो!

तुम जातिवाद के साथ रहो
भड़काऊ हर एक बात कहो,
दंगा-फसाद करवाओ तुम,
आपस में खूब लड़ाओ तुम।
दूषित सब वातावरण करो,
बेटा, खादी का वरण करो!

बहती गंगा में कर धो लो,
सुप्रीमो के पीछे हो लो,
मक्खन खूब लगाओ तुम
कुरसी को हथियाओ तुम।
निज आदर्शों का क्षरण करो,
बेटा, खादी का वरण करो!

कुरसी हो तुम्हारी लाचारी
कुरसी हो प्राणों से प्यारी,
कुरसी की खातिर लड़ो-मरो,
कुरसी के हित दुष्कर्म करो।
हर क्षण उसका ही स्मरण करो,
बेटा, खादी का वरण करो!

□

✍ मुनीर बख्श 'आलम'

## बेमकान हो गए

वक्त ने
कतर दी जुबान
लोग बेजुबान हो गए,
रूठकर
बहार क्या गई
हम लहूलुहान हो गए!

मेघों की
बात क्या कहें
वे तो बरबस बरस गए,
ओठों का
हास धुल गया,
कीचड़ में पाँव धँस गए।

आँधियाँ
चलीं तो इस कदर
हौसले बिखर-बिखर गए,
बिजलियाँ
तड़प के यूँ गिरीं
लोग बेमकान हो गए!

मौसम ने
जो बदला रंग,
आँखों से नींद उड़ गई,
स्वप्न सभी
व्यर्थ हो गए
प्राणों से पीर जुड़ गई।

अब तो
बोझिल है हर साँस
हिस्से में केवल उच्छ्वास,
वक्त ने
झुका दी कमर
लोग अब कमान हो गए।

कितना
भला लुभावना
अखबारी आपका बयान,
मुश्किलें
अवाम की सभी
पल में कर देते आसान।

संभाषण
का है जो असल
करते हैं आप कब अमल,
तख्त
मिल गया जो आपको
आप भी उतान हो गए!

रफ्ता-रफ्ता
अपना देश
कितना वीरान हो गया,
ऐसा लगता
अपना घर
अब कब्रिस्तान हो गया।

सुनकर
सन्नाटे की चीख
खिसक गई पाँव से जमीन,
आदमी
कपोत हो गया
रहनुमा सचान हो गए!

मौसम की
बेरहमी से
जिस्म बेतरह जकड़ गया,
सींचकर
बड़ा किया जिसे
वह दरख्त भी उखड़ गया।

घुटती है
शहरों की साँस
चेहरे से गायब उल्लास,
बेशुमार
हादसे बढ़े
गाँव भी सिवान हो गए।

□

## यमुनेश चातक

# बचाऊ चाय पीता है

बैठ कुरसी पर हमारे घर
'बचाऊ' चाय पीता है,
हो गई अस्पृश्यता अब
क्या अतीता है!
बाप-दादों की लँगोटी पर दिया है थूक,
शर्ट-पैंट पहन लिये हैं मूल्यवान् मलूक;
बाल स्नेहिल स्वच्छ सज्जित और दाढ़ी साफ,
मूँछ के हाथों मधुर मुसकान होती माफ;
बात करता रेडियो, अखबार, टी.वी. के तहत,
शिष्टता जावकमयी पावक पुनीता है!
एक बच्ची एक बच्चे को लिये है साथ,
देह पर साबूत कपड़े दमदमाता माथ;
वस्त्र मेरी गेहिनी से धार अपनी देह,
पार्श्व से स्थित बात करती भावचित्र उरेह;
भव्य आकृति गौरवर्णा माँग में सिंदूर—
नोंक से निःसृत उसी की सौम्य सीता है!
राजसत्ता के उछलते प्रश्न, देता हँस,
जाति के जंजाल में करता न दीप्त बहँस;

पूछता है काम कल का भर अमित उत्साह,
खोजता है तुष्ट मन में जीविका की राह;
त्यागकर जय का विजय का बेतुका इतिहास,
आचरण में ढालता अविराम गीता है!

□

✍ यश मालवीय

# नंगों से सब हारे

साधो!
नंगों से सब हारे,
ये करते हैं काम सदा ही—
सोचे बिना विचारे!
इनके आगे शीश झुकाते
बड़े-बड़े अधिकारी,
करते हैं कुकर्म, कहते हैं
'कर्मन की गति न्यारी'।
उजली-उजली खादी में भी
जीवन जिएँ उधारे!
साधो!...
साँपों-से संसद् में बैठें
कठिन कुंडली मारें,
अपने से कुछ कहें नहीं
बस दूजों को ललकारें।
खुलेआम हत्या करते हैं
पर न लगें हत्यारे!
साधो!...

□

# रामलुभाया

रामलुभाया, रामलुभाया,
जो जी में आया वो गाया,
सीखा नहीं राग दरबारी,
भले नौकरी थी सरकारी,
समझा नहीं जिंदगी को बस,
दाल-भात, रोटी-तरकारी;
धधक उठी जो आग पेट की,
रूखा-सूखा कुछ भी खाया!
मस्ती की अपने पैसे की,
गुजर-बसर जैसे-तैसे की,
करी पैलगी नहीं कभी की,
काले धनवाले भैंसे की,
आगे बढ़ने की इच्छा थी,
लेकिन हुए नहीं चौपाया!
मिली बहुत नंगी आजादी,
जिसको हमने नहीं हवा दी,
उनसे बचे जिन्होंने पहनी,
खास-खास मौकों पर खादी,
आजादी के जन्म-दिवस पर,
फटा हुआ झंडा लहराया!

□

✍ यादराम शर्मा

# फिर भी अपना देश महान्

खुली सड़क पर
भ्रष्टाचारी
घूम रहे हैं सीना तान,
फिर भी अपना देश महान्!

आलू, मटर, टमाटर, लौकी
मत पूछो अब कीमत जौ की,
हुए पहुँच से बाहर
अब तो—
रोटी, कपड़ा और मकान,
फिर भी अपना देश महान्!

एक हुए अब बाबू अफसर
खुलेआम अब माँगें दफ्तर,
घुन खाई
खूँटी के ऊपर—
टँगा हुआ जिनका ईमान,
फिर भी अपना देश महान्!

पढ़े-लिखे लेकर बेकारी
मचा रहे हैं मारा-मारी,
लूटमार
आतंकवाद से—
हैं गलियाँ, सड़कें वीरान,
फिर भी अपना देश महान्!

गुजरा बचपन रोते-रोते
मजबूरी को ढोते-ढोते,
कब आई
कब गई न जाने—
बच्चों की मोहक मुसकान,
फिर भी अपना देश महान्!

अँधा कौन कौन है काना
मुश्किल है अब 'सच' कह पाना,
जिसको देखा
चला रहा है—
छल-फरेब के तीर-कमान,
फिर भी अपना देश महान्!

□

✍ योगेंद्र मौदगिल

## बुद्धू भैया

बुद्धू भैया मिल से आकर
बिस्तर पर गिर जाते हैं,
डंडीवाला पंखा लेकर
घंटों कमर खुजाते हैं!

छोटी मुनिया बाँह दबाए
बीवी बालों को सुलझाए,
फिर भी नींद न आए उनको
पड़े-पड़े बल खाते हैं।

बुद्धू भैया मिल से आकर
बिस्तर पर गिर जाते हैं,
डंडीवाला पंखा लेकर
घंटों कमर खुजाते हैं!

मिल-मालिक का नाम बहुत है
मिल के भीतर काम बहुत है,
मजदूरों को मिलती कौड़ी
उत्पादन का दाम बहुत है।

सारा दिन खटता है बुद्धू
सारा दिन खटता है रंगी,
बरस-महीना-हफ्ता रोज
रहती है रुपए की तंगी।

बुद्धू जो मेहनत करता है
बुद्धू जो हिम्मत करता है,
बुद्धू जो बरकत करता है
सारी मालिक खा जाते हैं।

बुद्धू भैया मिल से आकर
बिस्तर पर गिर जाते हैं,
डंडीवाला पंखा लेकर
घंटों कमर खुजाते हैं!

सारी उम्र गँवाई मिल में,
पूरी देह लुटाई मिल में
अपना घर शमशान बनाकर
शहनाई बजवाई मिल में।

सारा दिन मेहनत से कूटे
कसी, फावड़ा और हथौड़ी,
बदले में दी तो है मिल ने
रोटी लेकिन थोड़ी-थोड़ी।

पेट नहीं भरता है पूरा
रह जाता है रोज अधूरा,
लेकिन अकसर पानी पूरा
पीकर पेट हिलाते हैं।

बुद्धू भैया मिल से आकर
बिस्तर पर गिर जाते हैं,
डंडीवाला पंखा लेकर
घंटों कमर खुजाते हैं!

सारा दिन करते हैं खिच-खिच
मिल ने इनको दिया तपेदिक,
बुढ़ा गए वो इनकी चिंता
मालिक को है इससे क्या दिक्।

एक जो बुद्धू मर जाएगा
तुरंत दूसरा आ जाएगा,
मिल पर अपनी देह वार कर
बिगड़ी छाती ले जाएगा।

मालिक को बस काम की चिंता,
मालिक को बस नाम की चिंता,
मालिक को बस दाम की चिंता,
इसीलिए बस गुर्राते हैं।

बुद्धू भैया मिल से आकर
बिस्तर पर गिर जाते हैं,
डंडीवाला पंखा लेकर
घंटों कमर खुजाते हैं!

□

✍ रमेश चंद्र शर्मा 'चंद्र'

## कैसे दिन?

ये भी कैसे दिन?
कभी वृष्टि सुमनों की करते,
कभी चुभाते पिन!

मुसकानों में कपट छिपा है
और हँसी में छल,
हाथ मिलाने में डर लगता
मित्र बने हैं खल!

एक व्यक्ति के कई मुखौटे,
है पहचान कठिन!

हर मंदिर ठाकुरद्वारे में
मत्था टेक रहे,
थोड़ा दान-पुण्य कर-करके
बनते नेक रहे।

बाहर उजले-धुले दूध-से,
भीतर बड़े मलिन!

अंग-अंग से नोकें चुभतीं
वाणी बड़ी मधुर,
इनकी कथनी पर मत जाना

वार्त्ताकार चतुर।

घाल चुकी घर कितने इनकी—

ताक धिना-धिन-धिन!

बड़े कुशल अभिनय करने में

आत्मीय बनते,

दिन को होली, रात दिवाली

उत्सव नित मनते।

दस्तानों में छिपा रखे हैं,

रक्त सने पल-छिन!

□

✍ रमेश तिवारी 'विराम'

## खा गए प्रसाद

जाने क्यों टेरते
अतीत के संकल्प,
जिन्हें करके हम भूल गए!
प्रगति हुई बहुरंगी
किंतु हुई कैसे?
बच्चों में झूले का
खेल चले जैसे!
अनगिन प्रतीक्षा में
खड़े रहे धरती पर—
गिने-चुने सुविधा ले शिखरों तक झूल गए!
मंदिर के पुजारी ही
खा गए प्रसाद!
भूखी-बेकार पीढ़ी ले
आश्वासन का स्वाद!
कागजों पर बोए
समृद्धि के गुलाब—
जीवन में उगते अभाव के बबूल गए!

□

✍ राजकुमार 'निजात'

## जमूरे, हो गए साल पचास

सैंतालिस को आज हो गए पूरे साल पचास,
जमूरे, हो गए साल पचास!
गांधी युग इक सपन बन गया नेहरू युग इक आस,
दिल्ली बदली और भारत का बदल गया इतिहास,
खास हो गए आम यहाँ पर आम यहाँ पर खास,
फिर भी होता नहीं किसी को रत्ती भर विश्वास,
जमूरे, हो गए साल पचास!

अरबों और करोड़ों खाकर हुआ न बाँका बाल,
भ्रष्ट हो गई सत्ता सारी नेता हुए दलाल,
दिन दुगुनी और रात चौगुनी, हुए हैं मालामाल,
लोकतंत्र हो गया खिलौना न्यायतंत्र है दास,
जमूरे, हो गए साल पचास!

चालीस करोड़ हैं भूखे-नंगे अभी यहाँ के वासी,
नहीं मिटी है उनके भोले मुख से अभी उदासी,
फिर भी उनकी जारी हैं वही चालें कपट सियासी,
रबड़ीजी को बना दिया है जबरन उनका बास,
जमूरे हो गए साल पचास!

मुस्टंडे-से लगते हैं ये कुरताधारी नेता,
कल तक थे कुछ नहीं यहाँ जो वो हैं आज विजेता,
वही डुबोता है कश्ती अब यहाँ जो कश्ती खेता,
अपना कौन, पराया किस पर कौन करे विश्वास,
जमूरे, हो गए साल पचास!

□

✍ राजेंद्र तिवारी

## घात में शिकारी

जाल फैलाए
छिपे बैठे हैं, पिंजरे हाथ में हैं,
फिर शिकारी घात में हैं!
कुछ नए दाने दिखाकर
फिर हमें भरमा रहे हैं,
आग को देकर हवा
बासी कढ़ी गरमा रहे हैं;
शांति का नाटक रचाए हैं—
लगे उत्पात में हैं,
फिर शिकारी घात में हैं!
कुछ गरज इनको
खुदा से है न मतलब राम से है,
ये सियासत दाँ!
इन्हें मतलब तो अपने काम से है
दिन में दिखते हैं मसीहा··और
कातिल रात में हैं,
फिर शिकारी घात में हैं!

□

✍ राजेंद्र मिलन

# बिसात बिछाते हैं

हम नहीं जानते अभी ककहरा कविता का
पर महाकाव्य का उपसंहार सुनाते हैं,
रच नहीं सके हैं एक छंद या गीत-गजल
पर काव्य-कला का पिंगल मास सुनाते हैं।

बिलकुल बौने अनभिज्ञ मनन या चिंतन से
पर रखते हैं विद्वेष, सुविज्ञ-गुणी जन से,
अपनी ढपली पर बजे यार खोटा नगमा
चाहे कीचड़ में गिरें धूलिका-नर्तन से।

शतरंजी चालों में पूरे शकुनी मामा,
कवियों में फैला डाह, मजाक उड़ाते हैं!

हैं कूढ़ मगज पर टँगड़ी खूब अड़ा देते
साहित्य-फलक पर थिगली खूब जड़ा देते,
वैसे तो शिष्टाचार तलक का बोध नहीं
पर संस्कृति को चारों वेद पढ़ा देते।

छप लिये हाशिए पर ले-देकर चार शब्द,
निज अभिनंदन के लिए बिसात बिछाते हैं!

□

✍ राजेंद्र वर्मा

## चमचे की महिमा

चमचे की महिमा न्यारी,
चमचे पर दुनिया वारी!
महराजा या महराजिन
मुँह लटकाएँ चमचे बिन,
चमचा बात बनाता है
और बनाता तरकारी!
चमचा नेता बनवाता
जीत-हार तय करवाता,
नेता भी पानी माँगे—
चमचा नेता पर भारी।
साहब भी दीवाने हैं
चमचे बिन ज्यों काने हैं,
पत्रकार भी कहते हैं—
चमचे से दुनिया हारी!
चमचे की पड़ गई नजर
खेल-भावना गई बिखर।
कब किसको आउट होना
चमचा खेल रहा पारी!

घर-घर में इसकी चर्चा
कौन बड़ा किसका चमचा,
टी.वी. पों-पों मचा रहा
चमचों की है बलिहारी!
कहने को आजादी है
पर चमचों की चाँदी है,
चमचों की शह पाकर ही—
होती जूतम-पैजारी!
चमचे को सुख-ही-सुख है
उसको, किंतु एक दुःख है,
चाहे गलती हो कि न हो,
चमचा पाता है गारी!

□

✍ रामशंकर खरे

## सारी सृष्टि

कुशल चितेरे, कुशल चितेरे,
कैसे तूने रंग बिखेरे,
सारी सृष्टि उलटी कर दी!

: १ :

कालचक्र ने बाँह मोड़ दी,
महँगाई ने कमर तोड़ दी,
झोंपड़ियों में जले न चूल्हा—
महलों में सब दौलत धर दी!
सारी सृष्टि उलटी कर दी!

: २ :

शैल शिखर सब पिघल रहे हैं,
मानवता को निगल रहे हैं,
भक्षक ओढ़े शॉल विदेशी—
रक्षक फिरे लगाए वरदी!
सारी सृष्टि उलटी कर दी!

: ३ :

नेताजी निज बदलें नारा,
वोट लब्धि है धर्म हमारा।
हाथ जोड़कर दिखलाते हैं—
जनता से झूठी हमदर्दी,
सारी सृष्टि उलटी कर दी!

: ४ :

मंत्रीजी देते आश्वासन—
सबके घर-घर पहुँचे राशन।
जनता का दुःख कोई न जाने,
प्रशासन सदा रहा बेदर्दी,
सारी सृष्टि उलटी कर दी!

: ५ :

नारी तन की खातिर घातें,
करते हैं फैशन की बातें।
मर्द ढकें अपना तन सारा,
औरत घूम रही बेपर्दी,
सारी सृष्टि उलटी कर दी!

□

✍ रामानुज त्रिपाठी

## जेल गया बैताल

बोली मैना
सुन हीरामन
जेल गया बैताल।
रोज-रोज ही करते-करते
केवल बाहर-भीतर,
आधा भाग बटेर हो गया
आधा हिस्सा तीतर;
लाख पचाया
पचा न पाया
वह चोरी का माल।
भरी सभा के बीच खुली है
फिर कानून की पोथी,
मंत्री की दमदार बुद्धि है
राजा की है थोथी;
सब दरबारी
खींच रहे हैं
यहाँ बाल की खाल।

सुनकर सिंहासन बत्तीसी
लगा है ऐसा झटका,
आधा मन ऊपर को अटका
आधा नीचे लटका;

जाने क्या
कर बैठे पुतली
आगे कौन सवाल।

ओढ़ ओढ़नी खड़ीं शारदा
चूनर पहने गौरी
उनके पीछे खड़ीं लक्ष्मी
ओढ़े फटी पिछौरी;

बैठे सुना रहे
नारदजी
तीन लोक का हाल।

□

✍ रोहिताश्व अस्थाना

## बरफवाले का गीत

जी हाँ हुजूर, मैं बरफ बेचता हूँ,
मैं तरह-तरह की बरफ बेचता हूँ,
मैं किशिम-किशिम की बरफ बेचता हूँ।

यह बरफ मलाईवाला है साहब,
खाकर खुश हो जाएगी घरवाली।
यह फालूदा, पिस्ता-बादाम पड़ा—
ले जाएँ पाकर, खुश होगी साली।
हो आए होंगे आप शहर भर में,
पर मैं ही असली बरफ बेचता हूँ।
जी हाँ हुजूर, मैं बरफ बेचता हूँ॥

कहिए तो कुल्फी का डिब्बा दे दूँ—
दर्जन भर बच्चों को काफी होगा।
हर दिन पहली तारीख आपकी है—
पैसे की चिंता छोड़ें दारोगा।
दिल बरफ सरीखा हो खाकर जिसको—
हर दिल अजीज मैं बरफ बेचता हूँ।
जी हाँ हुजूर, मैं बरफ बेचता हूँ॥

कहिए तो लस्सी बनवाऊँ साहब,
या लिम्का, कोका कोला झेलेंगे,
कहिए हुजूर इस भीषण गरमी में—
ठंडक का खेल कौन सा खेलेंगे।
यदि सॉफ्टी ही खाने का मन होवे—
ले लें मैं सॉफ्टी बरफ बेचता हूँ।
जी हाँ हुजूर, मैं बरफ बेचता हूँ॥

क्या कहा, बाल-बच्चे भी लाए हैं—
मैं समझा यह स्कूली लाइन है।
दर्जन भर से ऊपर बच्चों के संग—
पंडितजी क्या थुलथुल पंडिताइन हैं।
तब तो पूरी दुकान ही ले लेवें—
मैं थोक भाव भी बरफ बेचता हूँ।
जी हाँ हुजूर, मैं बरफ बेचता हूँ॥

□

✍ विश्वंभर मोदी

## किसका करें चुनाव ?

कुरसी के शतरंजी मोहरे, लगा देश का दाँव!
किसका करें चुनाव?

दौड़ रहे सत्ता के पीछे, दल-बदलू कहलाए,
फँसे प्रलोभन में ऐसे ज्यों मृगतृष्णा बन जाए,
नीति और सिद्धांतों का जीवन में रहा अभाव,
किसका करें चुनाव?

माँग रहे मत जनता का देकर झूठे आश्वासन,
विस्मृत कर देते सब बातें पाते ही पद-आसन,
भ्रष्ट आचरण का पड़ता है, इनपर अधिक प्रभाव!
किसका करें चुनाव?

पल-पल में दल हो जाते हैं अपने आप विभक्त,
इसीलिए जनतंत्र अभी हो पाया नहीं सशक्त,
द्वेष और हिंसा के देखे जलते हुए अलाव!
किसका करें चुनाव?

□

✍ विष्णु 'विराट'

## सयाना गाँव

बदला-बदला सा बाना हुआ है,
गाँव मेरा सयाना हुआ है।

अब न पहले-सा लगता ये भोला,
इसके कातिल हैं कल्लू, त्मोला;
तोता-मैना के उजड़े बसेरे,
गीध-चीलों के, उल्लू के डेरे;
एक अरसे में मैं गाँव आया—
मुझको सबकुछ अजाना हुआ है!
गाँव मेरा···

अब न दगरे, न पगडंडियाँ हैं,
लाल-पीली-हरी झंडियाँ हैं;
नारेबाजी ने इसको लपेटा,
नित्य पैदा करे एक नेता;
मोल अपना लगाने लगा है—
वोट का ये खजाना हुआ है।
गाँव मेरा···

अब अफीमों की फसलें उगाता,
देसी दारू भी पीता-पिलाता;

दिन पै दिन ये जहर बो रहा है,
धीरे-धीरे शहर हो रहा है;
बाल सूअर का आँखों में इसकी—
इससे मुश्किल निभाना हुआ है।
गाँव मेरा···

भेड़िए इसके मन भा गए हैं,
साँप चौपाल तक आ गए हैं;
इसमें कोई दरिंदा जगा है,
जाति अपनी बताने लगा है;
गाँव रहता नहीं गाँव में अब—
राजधानी रवाना हुआ है!
गाँव मेरा···

अब न लगते हैं खुशियों के मेले,
बात-बातों में झगड़े-झमेले;
दादा, अम्मा, बुआ, ताऊ, चाचा,
इनका चेहरा किसी ने न बाँचा;
कैसी हिंसक लगें इसकी आँखें—
डाकुओं का घराना हुआ है!
गाँव मेरा···

इसके जंगल तो कटने लगे हैं,
कारखाने पनपने लगे हैं;
अब न थाना पुलिस से डरे हैं,
अब तो दिल्ली में रैली करे हैं;
अब मढ़ैया में दिल ना लगे है—
कुरसियों का दीवाना हुआ है,
गाँव मेरा सयाना हुआ है।

□

✍ विष्णु सक्सेना

## कैसे बचें

नींद नहीं आँखों में स्वप्न परेशान।
कैसे बचें बारिश से, रेत का मकान॥

सड़कों पर वाहनों की
दौड़ती कतार,
तेजी से भाग रहा
कितना संसार।
मिटते हैं साथ-साथ पैर के निशान।
कैसे बचें बारिश से, रेत का मकान॥

शायद ही एक दिवस
चैन से रहे,
दर्द तो चले आए
घर बिना कहे।
आँखें भी दिखती हैं आँसुओं की खान।
कैसे बचें बारिश से, रेत का मकान॥

कोई भी पूछे तो
कहते हम हाल,

मन से हैं राजा
पर धन से कंगाल।
धरती है माता और पिता आसमान।
कैसे बचें बारिश से, रेत का मकान॥

□

✍ वीनू महेंद्र

## यह मुल्क है मुसंबी

बाहर से हाथ जोड़ो अंदर से खूब तोड़ो,
यह मुल्क है मुसंबी अच्छी तरह निचोड़ो।
अब जान कुछ नहीं है,
ईमान कुछ नहीं है,
इनसान कुछ नहीं है,
भगवान् कुछ नहीं है।

भेजे से काम लेकर,
जनता का नाम लेकर,
जितना हो खैंच डालो,
गांधी को बेच डालो।
गांधी था एक पागल, गांधी की बात छोड़ो।
यह मुल्क है मुसंबी···
जब भी जुबान खोलो,
सच जैसा झूठ बोलो,
रैली में जा के चीखो,
भरमाओ हर किसी को।

अंग्रेजी-धुन में गाओ,
हिंदी-दिवस मनाओ,
पाई है जब आजादी,
जी भर भुना लो खादी।
जब-जब चुनाव आए, घोड़े के जैसा दौड़ो!
यह मुल्क है मुसंबी···
सबसे बड़ी है सत्ता,
खुद का कटे न पत्ता,
तुम नीतियाँ बदल दो,
जिस ओर रुख हो चल दो।

जनता को यों रिझाओ,
बस योजना सुझाओ,
होते हैं भोले-भाले,
भारत के रहनेवाले।
गरदन घड़ी-घड़ी तुम, जनतंत्र की मरोड़ो!
यह देश है मुसंबी···
है आन-बान कुरसी,
सच्ची है शान कुरसी,
कोयल की तान कुरसी,
सोने की जान कुरसी।

तीरो-कमान कुरसी,
तलवारो-म्यान कुरसी,
दीनो-ईमान कुरसी,
नेता की जान कुरसी।
जब तक है जान तन में, कुरसी कभी न छोड़ो,
यह मुल्क है मुसंबी, अच्छी तरह निचोड़ो।

□

✍ वीरेंद्र आस्तिक

## चुनाव

अब की चुनाव में बाघिन से
मृग जीत गया,
जंगल में दावत है!

तोता, मंत्री शिक्षा का
पढ़ा रहा पिंजरे की भाषा,
मद्य-विभाग पपीहा देखे
जन्मों की मिटी पिपासा,
पक्षिराज ने पर्यावरण सँभाला
बया की बगावत है!

गोश्तमुखी हो गए हिरन
दुबके-दुबके-से भेड़िए,
गदहों के सींग निकल आए
झूम रहे खरगोश पिए,
टूट विपक्षी दल से आया
भालू
कितनी आवभगत है!

रेड, तेंदुओं की माँदों में
आयोगों की तैयारी,
कौन सुने फरियाद सियारिन
बलात्कार की मारी,
जंगल को जंगल रखने में
बड़ी मशक्कत
शतरंजी कसरत है !

□

✍ शंकर सक्सेना

## मैं लिखूँगा!

### ( वी.डी.ओ. नायिका दर्शन )

मैं लिखूँगा गीत ऐसे
टूट जाएगी कलम!
गीत की पहली कड़ी है
नायिका औंधी पड़ी है,
और विरही यक्ष की
दीवार में फोटू जड़ी है!
पाउडर लुढ़का पड़ा है
रूज का डिब्बा खुला है
आँख का काजल धुला है।
और थोड़ी देर में जब
चेतना आकर डुलाती,
आह ठंडी खींचकर तब
एक विरहा गुनगुनाती।
तुम नहीं आए बलम
बुझ गई यौवन-चिलम!
बदचलन मौसम हुआ है
सब तुम्हारी ही दुआ है,

देखते हैं घूरकर सब
इधर खाई है कुआँ है।
बियर की बोतल है खाली,
इस कदर छाई कँगाली,
अब कहाँ होली-दिवाली!
कोढ़ में हो खाज जैसे
पास में पैसा नहीं है,
और इस सड़ियल शहर में
पार्टनर तुम-सा नहीं है।
वक्त का सब जुलम
कब तलक सहते रहे हम,
क्यूँ नहीं आते बलम?

□

✍ शिव कुमार 'पराग'

## हम कितने पागल ठहरे

हम कितने पागल ठहरे
हो न सके गूँगे-बहरे।
संधिपत्र लिखे-लिखाए मिलते
हमें सिर्फ हस्ताक्षर करना था,
सारे सुख कदमों में आ जाते
बस उनकी 'हाँ' में 'हाँ' भरना था।
हम कितने पागल ठहरे
लगा लिये मन पर पहरे।
रफा-दफा करने में क्या जाता
छवि रहती निखरी-निखरी,
ऊपर से छानबीन हो जाती
हम पाते स्वर्ण तश्तरी।
हम कितने पागल ठहरे
उतर गए गहरे-गहरे।
अच्छे वे लोग ही रहे
आजादी से न कभी उलझे,
बस अपना सिर जरा झुका दिया
किले में रहे सुलझे-सुलझे।
हम कितने पागल ठहरे
विजय-पताका बन फहरे।

□

✍ शिवशरण दुबे

# कहना मेरा मान भतीजे

कहना मेरा मान भतीजे।
सच्चाई को जान भतीजे॥

फेंक दे यह डिग्री-डिप्लोमा,
छोड़ दे झूठी शान भतीजे।
सरकारी सेवा पाऊँगा—
मन में यह मत ठान भतीजे॥

मंत्री, सांसद, सचिव, कलेक्टर,
इस युग के 'भगवान्' भतीजे।
ऊँचे अफसर और विधायक,
मार रहे मैदान भतीजे॥

बेरोजगार न इनके बच्चे,
वे सब 'प्रतिभावान्' भतीजे।
राजनीति में नेताओं को—
प्रजातंत्र वरदान भतीजे॥

नेता बन जा, सीख दलाली,
छल से कर पहचान भतीजे।
इस 'दल' से उस दल में चल दे,
कर सत्ता-गुणगान भतीजे॥

'कंप्यूटर' 'मशीन' अपनाओ,
शासन का ऐलान भतीजे।
बेरोजगारी खूब बढ़ेगी,
तभी राष्ट्र-उत्थान भतीजे॥

राजनीति-सत्ता का मत है,
सब सवर्ण धनवान् भतीजे।
तू सवर्ण होकर गरीब है,
यह सब कर्म-विधान भतीजे॥

सभी सवर्णों के पूर्वज थे,
शोषक, क्रूर महान् भतीजे।
इसीलिए पीढ़ी भोगेगी,
सजा और अपमान भतीजे॥

खेत नहीं खेती खातिर तो,
खोल कोई दूकान भतीजे।
बिन धन के दूकान खोलना,
गूँगे का कल-गान भतीजे॥

सरकारी कर्जा चाहोगे,
तो अनगिन व्यवधान भतीजे।
फिर कैसे तू जी पाएगा,
होगा तू हलकान भतीजे॥

इसीलिए कुछ ऐसा कर कि,
बन जा तू शैतान भतीजे।
हाँ, शैतान बना तो संभव,
कारागृह स्थान भतीजे॥

बच निकला जो कारागृह से—
तो जग में सम्मान भतीजे।
मंचों पर भी आदर होगा,
और होगा कल्यान भतीजे॥

एक बात चित में तू धर ले,
छोड़ धरम-ईमान भतीजे।
कई लोग बनते जाते हैं,
तू भी बन बेईमान भतीजे॥

कर कुछ आनमतान भतीजे,
बन जा तू तूफान भतीजे।
यदि तूफान नहीं बन सकता,
सो जा चादर तान भतीजे॥

मोह न कर तू इस जीवन का
कर अंतिम स्नान भतीजे।
अमृत कहीं नहीं पाएगा,
चाहे कर विषपान भतीजे॥

जीवन-यापन की चिंता में,
रोज खाक मत छान भतीजे।
छोड़-छाड़ दुनिया का चक्कर,
जा सीधे शमशान भतीजे॥

मरते समय चित्त में धरना
एकमात्र यह ध्यान भतीजे।
पुनर्जन्म लेकर होना है—
'आरक्षित-संतान' भतीजे॥

एप्लीकेशन अब मत लिखना,
पकड़ ले दोनों कान भतीजे।
नहीं नौकरी तू पाएगा,
चाहे दे दे प्रान भतीजे॥

□

✍ श्याम सुंदर घोष

## सदी के सनम

वही हैं सदी के सनम!

बड़े ठाट से झूठ बोला करें वे
जहर दूध में रोज घोला करें वे,
उन्हें चार अंकों में सबकुछ मिले
हो अधिक उससे, होवे न कम!

बड़े ठाट से वे बजाते हैं तबला
वही हैं पुरुष, बाकी जन क्षुद्र-अबला,
उचारें-विचारें, सुनें ध्यान से सब
उसी में छुपा सब मरम!

वे दूधो नहाएँ, वे पूतों सुहाएँ
कभी नाच नाचें, कभी गान गाएँ,
अगर जेल जाएँ, तुरत छूट आएँ
न उनको कहीं कुछ शरम!

गजब नाज–नखरे, अदाओं के स्वामी
नहीं नुक्श कोई, नहीं दोष–खामी,
कहें जो वही मानिए सत वचन हैं
वही दीन–ईमाँ–धरम!

अगर वे सताएँ तो भरिए न आहें
उन्हें ही सुमरिए, उन्हीं से निबाहें,
कहीं और जाने की क्या है जरूरत?
वही हैं परम औ' चरम!

□

✍ संजीव सलिल

## खींचातानी कर

ठेंगे पर सारी दुनिया मनमानी कर,
छोड़ समझदारी थोड़ी नादानी कर।

दया, धरम, अनुशासन के सिक्के खोटे,
तज उसूल इन्साँ बेपेंदी के लोटे।
मेवा खातिर सेवा भी व्यापार बनी—
सेवा से मेवा के पथ पर हैं टोटे॥
काट-छाँट जंगल धरती वीरानी कर...

भूखे जनगण का प्रतिनिधि शाहों-सा रह,
रिश्वत पर्वत से मैली गंगा बन बह।
औरों का सच अनदेखा-अनसुना रहे—
अपना झूठ बनाकर सच तू सबसे कह॥
राह शराफत की बिसरा, बेगानी कर...

वक्त पड़े पर बाप गधे को भी कहना,
बिना स्वार्थ तू गधा बाप को भी कहना।
ससुरा देता गृहलक्ष्मी के सँग लक्ष्मी—

पालागी सौ बार सासजी से कहना॥
साली आधी घरवाली—दीवानी कर…

विद्यार्थी—विद्या की अर्थी रोज सजा,
औरों को धक्का देकर हँस, लूट मजा।
थूक-चाट, पल-पल में बात बदल दे तू
गद्दी खातिर पत्नी को वन भेज तजा॥
रास रचा, हर चीर तू धन्य जवानी कर…

कौन किसी का? लाज-लिहाज न कुछ करना,
फर्ज भुलाकर हक खातिर धरना धरना।
जाए भाड़ में देश, विश्व औ' मानवता
स्वार्थ साधकर जीते-जी ही तू तरना॥
परंपरा को रूढ़ि मान बेमानी कर…

शुद्ध न पचता माल मिलावट का खाना,
मान स्वदेशी बुरा, विदेशी अपनाना।
बुद्धू बक्से की मरीचिका में फँसकर
हिंग्लिश धुन पर कूल्हे बेढब मटकाना॥
धक्का-मुक्की जमकर खींचातानी कर…

पानीदार आदमी खोया हाय कहाँ?
पानी-पानी होकर रोया हाय जहाँ।
काट रहा काँटों की फसलें, पछताता—
हरकत तेरी देख दंग प्रभु, गॉड, मियाँ॥
सीधी तज, अब उलटी कर्म-कहानी कर…

□

✍ सत्यपाल नांगिया

## तुम-मैं

तुम अनन्नास मैं खीरा!
तुम कोकाकोला की बोतल,
मैं मटके का जलजीरा!
मैं चपरासी का क्वार्टर हूँ
तुम कोठी मंत्रीजी की,
मैं मूँगफली का तेल
और तुम पीपी असली घी की;
तुम देसी आलू की टिकिया
मैं हूँ मद्रासी बोंडा,
तुम धरती जैसी सुंदर हो
मैं चाँद सरीखा भोंडा;
मैं गुठली तुम गूदा!
तुम रबड़ी की कुल्फी हो
मैं मैदे का फालूदा!
तुम कदली-पत्र मुलायम हो
मैं हूँ अरंड का पत्ता,
तुम असली मधुर शहद हो
मैं हूँ लुंठित जख्मी छत्ता;

तुम यूरोप की सुंदर नगरी
मैं भारत का कस्बा हूँ,
तुम तो जनसंघ पार्टी हो
मैं हिंदू महासभा हूँ;
मैं छप्पर हूँ तुम बँगला!
तुम लक्ष्मण की रेखा अलंघ्य,
मैं चिड़ियाघर का जंगला।
तुम खुशहाली का कोलाहल,
मैं सूखे का सन्नाटा;
तुम निजी कंपनी का बोनस,
मैं हूँ सरकारी घाटा;
तुम नई बहू की शोखी हो,
मैं हँसी एक विधवा की;
तुम जिसका एक नमूना हो,
मैं गलती उसी खुदा की;
तुम कॉलेज की लाइब्रेरी हो,
मैं हस्पताल का कमरा;
तुम पूरी पुष्पवाटिका हो,
मैं एक अकेला भँवरा;
मैं तुम हूँ तुम भी तुम हो!
तुम बनी रहो पर मेरा मैं,
गुम हो तुममें गुम हो!

□

✍ सलीम अख्तर

## ये चैनल बतलाएगा

कौन है अपना, कौन पराया
ये चैनल बतलाएगा,
तेरा बबुआ क्यों चिल्लाया
ये चैनल बतलाएगा।

मुल्ला-पंडे निकल पड़े हैं
लेकर डंडे निकल पड़े हैं
सब मुस्टंडे निकल पड़े हैं
देख के संडे निकल पड़े हैं।
किसने किस पर लट्ठ चलाया
ये चैनल बतलाएगा।

गुंडेखाने बोल रहे हैं
डंडेखाने बोल रहे हैं
रोटी के बदले में हमको
अंडे खाने, बोल रहे हैं।
साँड़ का चारा किसने पचाया,
ये चैनल बतलाएगा।

'लल्लू' 'बंता' जाग रहा है
सब दुःख सहता जाग रहा है
कर्णधार सब सोए हुए हैं
हर्षद महता जाग रहा है।
बैंक का डब्बा किसने बजाया,
ये चैनल बतलाएगा।

□

✍ सुशील 'सरित'

# खिलाओगे कैसे

किसी राह चलती को छेड़ो न यारो
गले पड़ गई तो निभाओगे कैसे?
अभी खुद तुम्हारा ठिकाना नहीं है
उसे घर बिठाकर खिलाओगे कैसे?

जमाना बुरा है जंरा बच के रहना
अगर कोई छेड़े तो कुछ भी न कहना,
मना कर दो कहके, न आओ बहारो,
बिना खाद पौधे उगाओगे कैसे?
किसी राह…

'न जोरू न जाता है अल्ला से नाता'
यही गुर सदा ही बहुत काम आता,
कहीं प्रेम की डोर में बँध न जाना
जनम भर ये कर्जा चुकाओगे कैसे?
किसी राह…

वो पागल नहीं थे जो बन करके साधू
फिर दर-बदर पर न आ पाए काबू,
हसीनों की संगत हसीं है, हँसी पर
अगर खो गई ढूँढ़ पाओगे कैसे?
किसी राह...

□

✍ **सूर्यकुमार पांडेय**

## आजादी

जिधर देखिए, उधर मिल रहे तेवर जल्लादी,
धन्य-धन्य गणतंत्र, धन्य है ऐसी आजादी।

भाई फले, भतीजे फूले, खुश हैं रिश्तेदार,
बाहुबली, धनपतियों के बल पर चलती सरकार।
गद्दी के घर नागपंचमी का हर दिन त्योहार,
नए-नए आ गए सभासद, नए-नए दरबार।
माननीय राजा उपजे हैं, काट रहे चाँदी,
धन्य-धन्य गणतंत्र, धन्य है ऐसी आजादी।

कहीं डकैती, कहीं फिरौती, नित नव अत्याचार,
सारे सिद्धांतों के सिर पर बैठा भ्रष्टाचार।
विषम असम, गुजरात सुलगता, पीड़ित सदा बिहार।
महाराष्ट्र, कश्मीर तड़पते, है यू.पी. बेजार।
जाने किस मंजिल को ले जाए यह बरबादी,
धन्य-धन्य गणतंत्र, धन्य है ऐसी आजादी।

चीजों का अभाव है, पीछे लंबी एक कतार,
महँगाई अब दिन-दिन बनती जाती सिर का भार।

थोक भाव में कष्ट बढ़ रहा, फुटकर दर से प्यार,
लुंज-पुंज मिल रही व्यवस्था, सबकुछ हुआ उधार।
भूखी-नंगी टोपी के सब लोग हुए आदी,
धन्य-धन्य गणतंत्र, धन्य है ऐसी आजादी।

लोकतंत्र के तन पर चिपकी भ्रष्टाचारी जोंक,
किसका-किसका हर्ष मनाए, किसका-किसका शोक।
तन में निशिदिन चुभती रहती, महँगाई की नोंक,
नित्य नए बच्चों की लाइन, कोई रोक न टोक।
स्वतंत्रता का नाम, बढ़ रही दिन-दिन आबादी,
धन्य-धन्य गणतंत्र, धन्य है ऐसी आजादी।

एक अलीबाबा के पीछे चोर लगे चालीस,
किससे-किससे जान बचाए, किसको दे बख्शीश।
सुनने को भाषण मिलते हैं, धुनने को निज शीश,
गिरने को चरित्र की सीढ़ी, उठने को बस टीस।
खास किस्म के लोगों ने निज नाम लिखी खादी,
धन्य-धन्य गणतंत्र, धन्य है ऐसी आजादी।

□

## साल नया आया

है साल नया आया, कुछ काम कर दिखाओ।

भाषण दो हर विषय पर, हर ढब में दखल सीखो,
कब मातमी बनाई जाती है शक्ल, सीखो,
इन ऊँची हस्तियों से कुछ भी तो अक्ल सीखो।
आश्वासनों से रोते बच्चों को चुप कराओ।
है साल नया आया, कुछ काम कर दिखाओ।

सबकुछ यहाँ है महँगा, सस्ती है एक टोपी,
यह देश है समंदर, कश्ती है एक टोपी।
रोती है सारी जनता, हँसती है एक टोपी
काला हो सिर तो उजली टोपी तुरत लगाओ।
है साल नया आया, कुछ काम कर दिखाओ।

किस्मत से हाथ आई मुद्दत के बाद दिल्ली,
पूरी करेगी उनके मन की मुराद दिल्ली।
सोए तो याद दिल्ली, जागे तो याद दिल्ली
तुम भी तुरंत दिल्ली का इक टिकट कटाओ।
है साल नया आया, कुछ काम कर दिखाओ।

अब सब दिलों के भीतर पैठी है एक कुरसी,
जिद्दी बहुत बड़ी है, ऐंठी है एक कुरसी
बस कुंडली लगाए बैठी है एक कुरसी
तुम राष्ट्रगीत तजकर कुरसी के गीत गाओ।
है साल नया आया, कुछ काम कर दिखाओ।

आकाश रो रहा है, बादल में नहीं पानी,
आँखों से ढल चुका है, आँचल में नहीं पानी।
पहले थी बाढ़ आई, अब नल में नहीं पानी
बहती है फिर भी गंगा, चलकर जरा नहाओ।
है साल नया आया, कुछ काम कर दिखाओ।

□

✍ सूर्यदेव पाठक 'पराग'

## उनकी जय बोल

कलम, आज उनकी जय बोल!

ऊपर धप्-धप् उजली खादी,
घोटालों की है आजादी,
मनमोहक है जिनका भाषण,
जनता को कोरा आश्वासन,
अपनी गोटी बैठाते हैं
सबको समझ रहे बकलोल!

जिनकी होती रोज दिवाली,
रोती जनता घर हैं खाली,
अगड़े-पिछड़े को लड़वाते,
क्या गम, कितने प्राण गँवाते,
जन-जन को इतिहास पढ़ाते,
रचते हैं अपना भूगोल!

जिनको है अपने से नाता,
कहते भारत-भाग्यविधाता,

आँखों में आँसू घड़ियाली,
किंतु जहाँ हर पल हरियाली,
चिंता सिर्फ यही रहती है,
सिंहासन ना जाए डोल!

नीक जिन्हें लगते हैं चारण,
जो खुद को कहते नारायण,
चमचे पाते पुरस्कार हैं,
सत्कवि पाते तिरस्कार हैं,
जिनकी गुण-गाथा गाने को
रोज छवाए जाते ढोल!
कलम, आज उनकी जय बोल।

□

✍ सोम ठाकुर

## कहाँ तक पूछें

तेरी हवा में जहर है कितना
हम ये दिल्ली से कहाँ तक पूछें?
तूने गुमराह किया किस-किस को
शेखचिल्ली से कहाँ तक पूछें?

चाह को बस यही सजा दी है
बर्फ की शक्ल में जमा दी है
धूप में और कितना ठहरेगी—
गलती सिल्ली से कहाँ तक पूछें?

सारे होशो-हवास उड़ते हैं
दिल के सब हौसले निचुड़ते हैं
तुझ पे दहशत कहाँ-कहाँ बरसी—
भीगी बिल्ली से कहाँ तक पूछें?

निढाल होके ढाल पर गिरना,
एक डंडे को मार दो फिर ना,
चोट खाई कहाँ-कहाँ तूने—
गूँगी गिल्ली से कहाँ तक पूछें?

रागिनी है अजीब रंगत की,
बोल को है तलाश संगत की,
तोड़ को क्यों नहीं मिली है सम—
गीली झिल्ली से कहाँ तक पूछें?

उन्हीं के हाथों में है ये गुन भी
चने के साथ पिस रहा घुन भी,
चाल चक्की की क्यों लँगड़ी—
ढीली किल्ली से कहाँ तक पूछें?

वक्त की नब्ज में बड़े भ्रम हैं,
पाँव सोए हैं हाथ बेदम हैं,
रगों में साफ लहू क्यों न बहा—
ताप-तिल्ली से कहाँ तक पूछें?

पीढ़ियों को शरण मिले कैसे
बीज को अंकुरण मिले कैसे?
कितनी बरबादी फसल की होगी—
अंधी इल्ली से कहाँ तक पूछें?

□

✍ हुल्लड़ मुरादाबादी

## परिवार-नियोजन कर लो जी

है नाक बह रही रामू की
श्यामू है सिर को खुजा रहा,
पोपट को देखो रो-रोकर
घर भर में भोंपू बजा रहा।
लल्लू लेटा है गोदी में
कल्लू कंधे पर चढ़ा हुआ,
छज्जू को दूध पिलाती, वो—
रज्जू पलने में पड़ा हुआ।
कमला-विमला कहाँ गईं?
उनकी भी जरा खबर लो जी,
हर साल तुम्हें समझाती थी
परिवार-नियोजन कर लो जी!

उनके यह दर्जन भर बच्चे
जब मिलकर के चिल्लाते हैं,
मेरे माइंड की बिजली के
सब बल्ब फ्यूज हो जाते हैं।
ये चैं-चैं करते रहते हैं
ना कपड़ा है, ना खाना है,

मैं सोच रहा हूँ, आखिर यह
घर है या चिड़ियाखाना है।

पछताने से अब होता क्या
जो किया है तुमने भर लो जी,
हर साल तुम्हें समझाती थी
परिवार-नियोजन कर लो जी!

जैसे भारत में नए-नए
यह टैक्स लगाए जाते हैं,
बस उसी तरह से मेरे घर में—
बच्चे आए जाते हैं,
हाउस के सभी मैंबर यह
आपस में लड़ते रहते हैं,
मेरे घर को इन शॉर्ट आप
सब्जी मंडी कह सकते हैं।

ये बकते हैं तो बकने दो
तुम दर्द ना अपने सिर लो जी,
हर साल तुम्हें समझाती थी
परिवार-नियोजन कर लो जी!

छुट्टू-पुट्टू बीमार पड़े
मैं कैसे खर्च चलाऊँगा,
इस अस्पताल के पानी से
मैं इन्हें बचा ना पाऊँगा।
मैं चिल्लाया दुनियावालो
कोई तो मेरी हैल्प करो,
मोहल्लेवाले बोल पड़े
गंगा में जाकर डूब मरो।

वो बोली बाहर मत डूबो
चुल्लू में पानी भर लो जी,
हर साल तुम्हें समझाती थी
परिवार-नियोजन कर लो जी।

दो लड़के पढ़ते इंटर में
दोनों फिल्मी दीवाने हैं,
ना अम्मा की वो सुनते हैं
ना कहना मेरा माने हैं,
टीचर से लड़ते, क्लासों का
फर्नीचर तोड़ दिया करते,
जाकर के होटल बोटल में
ये डिस्को डांस किया करते।

प्रिंसीपल ने नोटिस भेजा है
लड़कों को घर में धर लो जी,
हर साल तुम्हें समझाती थी—
परिवार-नियोजन कर लो जी!

□

# रचनाकारों के पते

**अखिलेश कुमार निगम 'अखिल'**
खुर्दई बाजार, पो.-बक्कास,
लखनऊ-२२६००२

**अल्हड़ बीकानेरी**
'श्याम-निकुंज' ९-सी, पॉकेट-बी,
मयूर विहार फेज-II,
दिल्ली-९१

**अशोक 'अंजुम'**
ट्रक गेट, कासिमपुर (पा.हा.),
अलीगढ़-२०२१२७

**अशोक चक्रधर**
जे-११६, सरिता विहार
नई दिल्ली

**अशोक स्नेही**
हरिद्वार रोड, नजीबाबाद-२४६७६३
जिला—बिजनौर (उ.प्र.)

**अश्वघोष**
७ अलकनंदा एन्क्लेव,
जनरल महादेव सिंह रोड,
देहरादून-२४८००१

**असलम इसहाक**
जल संस्थान ऑफिस के सामने,
पुरानी बाजार,
कर्वी-२१०२०५
(चित्रकूट)

**आजाद रामपुरी**
२७, अलकापुरी, नए हाई कोर्ट के पीछे,
मुरार, ग्वालियर-४७४००६

**ओमप्रकाश सिंह**
२५९, शांति निकेतन,
साकेत नगर,
लालगंज, रायबरेली
(उ.प्र.)

**उद्भ्रांत**
'अनहद'
ब्लॉक-४६३, केंद्रीय विहार,
सेक्टर-५१, नोएडा-२०१३०१

**किशोर काबरा**
१८२०, गुजरात हाउसिंग, चाँदखेड़ा,
अहमदाबाद-३८२४२४

**कुँअर बेचैन**
१/एफ, ५१, नेहरू नगर,
गाजियाबाद

**कुमार रवींद्र**
क्षितिज ३१०, अर्बन एस्टेट-२,
हिसार-१२५००५

**कृष्ण सौमित्र**
१३/१५७, गली बंबेवाली,
नजदीक जैन चक्की,
बहादुरगढ़-१२४५०७

**कृष्ण स्वरूप पांडेय 'निर्बल'**
बंदरिया बाग, सूफी पुरा,
बहराइच-२७१८०१

**गोपालदास 'नीरज'**
मैरिस रोड, जनकपुरी, अलीगढ़

**गोपाल बाबू शर्मा**
८२, सर्वोदय नगर, सासनी गेट,
अलीगढ़-२०२००१
(उ.प्र.)

**चंद्रसेन 'विराट'**
'समय' १२१, वैकुंठधाम कॉलोनी,
ओल्ड पलासिया, खजराना कोठी,
आनंद बाजार के पीछे, इंदौर-४५२०१८
(म.प्र.)

**चिरंजीत**
डी-२, ई.,डी.डी.ए. फ्लैट्स, मुनीरका,
नई दिल्ली-११००६७

**जय चक्रवर्ती**
एम-१/१४९,
जवाहर विहार,
रायबरेली-२२९०१०

**जवाहर 'इंदु'**
जलालपुर घई,
रायबरेली-२२९२०४

**तिलकराज गोस्वामी**
'आकांक्षा' ९१ सी/८ सी,
सर्वोदय नगर, भारद्वाजपुरम्,
इलाहाबाद-२११००६

**दिनेश रस्तोगी**
११/७७, रंगमंहल,
भुवनेश्वर मार्ग,
शाहजहाँपुर-२४२००१

**दिनेश सिंह**
अस्पताल कॉलोनी,
मोहनगंज (तिलोई),
रायबरेली-२२९३०९

**देवमणि पांडेय**
गुणंता आश्वासन निदेशालय,
कक्ष सं. २७१, दूसरी मंजिल,
आयकर भवन,
न्यू मरीन लाइंस, मुंबई-२०

**ध्रुवेंद्र भदौरिया**
११६९, शंभूनगर,
शिकोहाबाद (उ.प्र.)

**नचिकेता**
द्वारा—प्रेमचंद प्रसाद,
पथ सं. १, आजाद नगर, कंकड़बाग,
पटना-८०००२०

**नागेंद्र 'अनुज'**
लालगंज, प्रतापगढ़ (उ.प्र.)

**नीलमेंदु 'सागर'**
सधार, पो. छितरौर,
बेगूसराय-८५११२९

**पंकज परिमल**
राजकीय आयु. चिकित्सालय,
माजरीमाफी,
पो. I.I.P. : मोहकमपुर,
देहरादून

**परमेश्वर गोयल**
गुलाब बाग,
पूर्णिया-८५४३२६
(बिहार)

**प्रदीप दुबे 'दीप'**
कृषि विभाग, नया हरसूद
(म.प्र.)

**प्रसाद 'निष्काम'**
३४९/४, शास्त्री नगर,
कानपुर-२०८००५

**प्रेमकिशोर 'पटाखा'**
लक्ष्मीपुरी (सराय हकीम),
अलीगढ़-२०२००१

**बंपर बहराइची**
राजकीय इंटर कॉलेज,
बहराइच-२७१८०१
(उ.प्र.)

**बलजीत सिंह**
४८३, शांतिकुंज,
बी-१४, नई बस्ती, बिजनौर
(उ.प्र.)

**बुद्धिनाथ मिश्र**
ओ.एन.जी.सी., तेल भवन,
देहरादून-२४८००३

**बृजनाथ श्रीवास्तव**
२१, चाणक्यपुरी,
ई-श्यामनगर,
न्यू पी.ए.सी. लाइन,
कानपुर-२०८०१५

**ब्रह्मजीत गौतम**
बी. ८५, मिनाल रेजीडेंसी,
जे.के. रोड,
भोपाल-४६२०२३

**भगवत दुबे**
पिसनहारी—मढ़िया के पास,
जबलपुर-४८२००३
(म.प्र.)

**भारत भूषण**
९५०, ब्रह्मपुरी,
मेरठ-२५०००२

**मधुकर गौड़**
ब्ल्यू ओसन-१-ए-३०२, ब्ल्यू एंपायर कॉम्प्लेक्स,
महावीर नगर, निकट—एकता नगर,
कांदिवली (प.)
मुंबई-६७

**मधुर शास्त्री**
एस-४८४, स्कूल ब्लॉक, विवेक मार्ग,
शकरपुर, दिल्ली-११००९२

**महाश्वेता चतुर्वेदी**
प्रोफेसर्स कॉलोनी, श्यामगंज,
बरेली-२४३००५

**महेश नामदेव**
७२, नदीपुरा,
ललितपुर-२८४४०३

**मुनीर बख्श 'आलम'**
जे-१४९, नई कॉलोनी, चुर्क,
सोनभद्र-२३१२०६ (उ.प्र.)

**यमुनेश चातक**
रघुनाथ महाविद्यालय, चंदौसी,
मुरादाबाद

**यश मालवीय**
ए-१११, मेंहदौरी कॉलोनी,
इलाहाबाद-२११००४

**यादराम शर्मा**
पैंठ बाजार, कासिमपुर,
अलीगढ़-२०२१२७

**योगेंद्र मौदगिल**
२३९३-९४, न्यू हाउसिंग बोर्ड,
पानीपत-१३२१०३

**रमेश चंद्र शर्मा 'चंद्र'**
डी-४, उदय हाउसिंग सोसाइटी,
वैजलपुर,
अहमदाबाद-३८००५१

**रमेश तिवारी 'विराम'**
उमेश स्मृति भवन, मकरंद नगर,
कन्नौज (उ.प्र.)

**राजकुमार 'निजात'**
काठमंडी, सिरसा-१२५०५५
(हरियाणा)

**राजेंद्र तिवारी**
'तपोवन', ३८-बी,
गोविंद नगर,
कानपुर-२०८००६

**राजेंद्र मिलन**
मिलन मंजरी,
आजाद नगर, खंदारी,
आगरा-२८२००२

**राजेंद्र वर्मा**
३/२९, विकास नगर,
लखनऊ-२२६०२२

**रामशंकर खरे**
५७२, गांधी नगर,
ललितपुर (उ.प्र.)

**रामानुज त्रिपाठी**
निवास/पोस्ट—गरएँ,
सुलतानपुर-२२७३०४
(उ.प्र.)

**रोहिताश्व अस्थाना**
निकट—बावन चुंगी चौराहा,
हरदोई-२४१००१ (उ.प्र.)

**विश्वंभर मोदी**
'अनुकंपा'
शिवाजी नगर, सिविल लाइंस,
जयपुर (राजस्थान)

**विष्णु 'विराट'**
४०६, ब्रज वाटिका, सिद्धनाथ रोड,
बड़ौदा-३९०००१

**विष्णु सक्सेना**
दयाल क्लीनिक, सिकंदराराऊ, हाथरस
(उ.प्र.)

**वीनू महेंद्र**
द्वारा—ज्वेलरी इंपोरियम, नेहरू रोड,
सांताक्रुज (पूर्व), मुंबई-४०००५५

**वीरेंद्र आस्तिक**
एल-६०, गंगा विहार,
कानपुर-२०८०१०

**शंकर सक्सेना**
अमृता विहार, कौरिन भाँठा,
(कमला कॉलेज रोड), राजनाँदगाँव
(म.प्र.)

**शिव कुमार 'पराग'**
संयुक्त क्षेत्रीय ग्रामीण बैंक,
शाखा पिढ़वल मोड़,
पो. कल्यानपुर, मऊ-२७५१०५

**शिवशरण दुबे**
दमदहा पुल के पास,
कटनी रोड, बरही-४८३७७०
(म.प्र.)

**श्याम सुंदर घोष**
ऋतंबरा, गोड्डा-८१४१३३
(झारखंड)

**संजीव सलिल**
२०४, विजय अपार्टमेंट, नेपियर टाउन,
सुभद्रा चौहान वार्ड,
जबलपुर-४८२००१

**सत्यपाल नांगिया**
ई-४-१०, मालवीय नगर
नई दिल्ली-११००१७

**सलीम अख्तर**
अंसारी वार्ड, गोंदिया-४४१६०१
(महाराष्ट्र)

**सुशील 'सरित'**
३६, अयोध्या कुंज,
आगरा

**सूर्यकुमार पांडेय**
९, त्रिवेणी नगर-II,
लखनऊ-२०

**सूर्यदेव पाठक 'पराग'**
१८१, आवास-विकास कॉलोनी-१,
शाहपुर, गीतावाटिका,
गोरखपुर

**सोम ठाकुर**
२६/२७, अहीर पाड़ा,
राजा की मंडी,
आगरा-२८२००२

**हुल्लड़ मुरादाबादी**
धीरज उपहार, ३०३ ए, विंग,
डिंडोशी बस डिपो के पीछे,
गोरेगाँव (पूर्व)
मुंबई-४०००० ९

□□□